新典社校注叢書11

校注 堤中納言物語

大倉比呂志編

新典社

目　次

凡例

一　本書は大学、短大などの演習用テキストとして編んだものである。

一　底本は高松宮家本を中心として、諸本を参照した。

一　本文には、濁点、句読点を付し、会話・引用・心中思惟などの部分は、「　」『　』〈　〉を施し、仮名遣いは、歴史的仮名遣いによった。

一　底本の仮名を漢字に、もしくは漢字を仮名に改め、漢字には必要に応じて、振り仮名を施し、また送り仮名のないものには補った。さらに、反復記号の「ゝ」「〱」は、「々」を用いたり、同一文字を繰り返した。

一　巻末に学習者の参考に資するため、最近の論文を作品ごとに分類し、「はいずみ」の参考資料を掲げておいた。

花桜折る少将*

＊少将――底本は「少将」とあるが、本文にはその記載はなく、風葉集巻二（春下）に「花桜折る中将」として所収されていることによって、「中将」の誤写であろうと考えられる。

　月にはかられて、夜深く起きにけるも、思ふらむ所いとほしけれど、立ち帰らむも遠きほどなれば、やうやう行《ゆ》くに、小家《こいへ》などに例おとなふものも聞こえず、くまなき月に、所々の花の木どもも、ひとへにまがひぬべくかすみたり。今少し、過ぎて見つる所よりも、おもしろく、過ぎがたき心地して、

　そなたへと行《ゆ》きもやられず花桜匂ふこかげに旅だたれつつ*

とうち誦《ずん》じて、〈早くここに物言ひし人あり〉と思ひ出でて、立ちやすらふに、築地《ついぢ》のくづれより、白きもの*の、いたくしはぶきつつ出づめり。あはれげに荒れ、人気《ひとけ》なき所なれば、ここ*かしこのぞけど、とがむる人なし。このありつる者の帰る呼びて、「ここに住み給ひし人は、いまだおはすや。『山人《やまびと》にもの聞こえむと言ふ人あり』

＊旅だたれつつ――一本「たちよられつゝ」。
＊白きもの――築地がこわれ、落ちぶれた様子であるから、白い装束を身に付けた下男よりも、白髪の老いぼれた老人と解するのがこの場にはふさわしいか。
＊ここ――底本「たゝ」。

とものせよ」と言へば、「その御方は、ここにもおはしまさず。何《なに》とか言ふ所になむ住ませ給ふ」と聞こえつれば、〈あはれの事や。尼などにやなりたるらむ〉と、うしろめたくて、「かの光遠《みつとを》にあはじや」など、ほほゑみてのたまふほどに、妻戸《つまど》をやはらかい放つ音すなり。

をのこどもすこしやりて＊、透垣《すいがい》のつらなる群薄《むらすすき》の繁《しげ》き下に隠れて見れば、「少納言の君こそ。明けやしぬらむ。出でて見給へ」と言ふ。よきほどなる童の、やうだいをかしげなる、いたう萎《な》えすぎて、宿直姿《とのゐ》なる、蘇芳《すはう》＊にやあらむ、つややかなる衵《あこめ》＊に、うちすきたる髪のすそ、小袿《こうちぎ》＊に映《は》えてなまめかし。月の明かき方《かた》に、扇をさし隠して、「月と花とを」＊と口ずさみて、花の方《かた》へ歩《あゆ》み来るに、驚かさまほしけれど、しばし見れば、おとなしき人の、「季光《すゑみつ》は、などか今まで起きぬぞ。弁の君こそ、ここなりつる。参り給へ」と言ふは、物へ詣《まう》づるなるべし。ありつる童はとまるなるべし。「わ

＊すこしやりて――「すごしやりて」とする説もある。

＊蘇芳――黒味がかった紅色。

＊衵――童女の単（ひとへ）と下襲（したがさね）との間に着る丈の短い衣。

＊小袿――唐衣（からぎぬ）・裳（も）をつけない女子の略装。

＊「月と花とを」――「あたら夜の月と花とを同じくは心知れらむ人に見せばや」（後撰集・春下・源信明（さねあきら））。

びしくこそ覚ゆれ。さはれ、ただ御供に参りて、近からむ所に居《ゐ》て、御社《みやしろ》へは参らじ」など言へば、「ものぐるほしや」など言ふ。みなしたてて、五六人ぞある。下《お》るるほどもいと悩ましげに、〈これぞ主《しゆう》なるらむ〉と見ゆるを、よく見れば、衣《きぬ》ぬぎかけたるやうだい、ささやかに、いみじう児《こ》めいたり。物言ひたるもらうたきものの、*ゆうゆうしく聞こゆ。〈うれしくも見つるかな〉と思ふに、やうやう明くれば、帰り給ひぬ。

日さし上がるほどに起き給ひて、昨夜《よべ》の所に文《ふみ》書き給ふ。「いみじう深う侍りつるも、ことわりなるべき御気色《けしき》に出で侍りぬるは、つらさもいかばかり」など、青き*薄様《うすやう》に柳につけて、

*さらざりしいにしへよりも青柳《あをやぎ》のいとどぞ今朝《けさ》は思ひ乱るる

とて、やり給へり。返り事めやすく見ゆ。

かけざりし方《かた》にぞはひし糸なれば解くと見しまにまた乱れつつ

とあるを見給ふほどに、源中将、兵衛《ひやうゑ》の佐《すけ》、小弓持たせておはした

*ゆうゆうし──一本「ゆゑゆゑし」。

*薄様──薄手の鳥の子紙。

*「さらざりし」の歌──初句、一本「しらざりし」。「いとど」に「糸」をかける。

り。「昨夜《よべ》はいづくに隠れ給へりしぞ。内裏《うち》に御遊びありて召《め》ししかども、見つけ奉らでこそ」とのたまへば、「ここにこそ侍りしか。あやしかりける事かな」などのたまふ。花の木どもの咲き乱れたる、いと多く散るを見て、

　あかで散る花見る折はひたみちに

とあれば、佐《すけ》、

　*我が身にかつは*よわりにしかな

とのたまふ。中将の君、「さらば、かひなくや」とて、

　*散る花を惜《を》しみとめても君なくは誰《たれ》にか見せむ宿の桜を

とのたまふ。たはぶれつつ、もろともに出《い》づ。〈かの見つる所尋ねばや〉と思す。

　夕方、*殿にまうで給ひて、暮れゆくほどの空、いたうかすみこめて、花のいとおもしろく散り乱るる夕映《ば》えを、御簾《みす》巻き上げてながめ出で給ひつる御かたち、言はむ方《かた》なく光りみちて、花のにほひも、

*我が身にかつは―「わが身もかつは」「わが身にかへば」「わが身にかへて」などとする説もある。
*よわりにしかな―「かはりにしがな」とする説もある。
*「散る花を」の歌―風葉集巻二（春下）に「花の散るころ、人のまうできたりけるに　花桜折る中将」として入る。
*殿―主人公の父親の邸宅。

むげにけおさるる心地《ここち》ぞする。琵琶《びは》を*黄鐘調《わうしきでう》にしらべて、いとのどやかに、*をかしく弾《ひ》き給ふ御手つきなど、限りなき女も、かくはえあらじと見ゆ。この方《かた》の人々召《め》し出《い》でて、さまざまうち合はせつつ遊び給ふ。

光季《みつすゑ》、「いかが女のめで奉らざらむ。*近衛《このゑ》の御門《みかど》わたりにこそ、めでたく弾く人あれ。何事にもいとゆゑづきてぞ見ゆる」と、おのがどち言ふを聞き給ひて、「いづれ、この、桜多くて荒れたるやど*□ばいかでか見し。我に聞かせよ」とのたまへば、「なほ、たよりありてまかりたりしになむ」と申せば、「さる所は見しぞ。細かに語れ」とのたまふ。かの見し童に物言ふなりけり。「故源中納言のむすめになむ。まことにをかしげにぞ侍るなる。かの御*をぢの大将なむ、『迎へて内裏《うち》に奉らむ』と申すなる」と申せば、「さらざらむさきに、なほたばかれ」とのたまふ。「さ思ひはんべれど、いかでか」とて立ちぬ。

*黄鐘調―雅楽の六調子の一。
*をかしく―底本「をゝしく」。
*近衛の御門―陽明門。大内裏の右端の中央付近。
*やど□―底本「やど」のあと二字分空白。傍らに「二字不見」と注記がある。「りを」が脱落したか。
*をぢ―「おほぢ」（祖父）の誤りとする説もある。

夕さり、かの童*には、物いとよく言ふ者にて、ことよく語らふ。「大将殿の、常にわづらはしく聞こえ給へば、人の御文伝ふる事だに、おほ上*いみじくのたまふものを」と。同じ所にて、めだたから*む事などのたまふ頃、ことに責《せ》むれば、若き人の思ひやり少なきにや、「よき折あれば、今」と言ふ。〈御文は、ことさらに気色《けしき》見せじ〉とて伝へず。光季《みつすゑ》参りて、「言ひおもむけて侍り。今宵《こよひ》ぞよく侍るべき」と申せば、喜び給ひて、少し夜更《ふ》けておはす。光季が車にておはしぬ。童*、気色見ありきて、入れ奉る*。火は物の後ろへ取りやりたれば、ほのかなるに、母屋*《もや》にいと小さやかにてうち臥《ふ》し給ひつるを、かき抱《いだ》きて乗せ奉り給ひて、車を急ぎてやるに、「こは何ぞ、こは何ぞ」とて、心得ずあさましう思さる。

中将の乳母、「聞き給ひて*、おば上のうしろめたがり給ひて、臥し給へるになむ。もとより小さくおはしけるを、老い給ひて、法師にさへなり給へば、頭《かしら》寒くて、御衣《ぞ》を引きかづきて臥し給ひつる

*童には―底本「はなには」。「童は」「童に」とする説もある。
*おほ上―姫君の祖母。
*めだたからむ―「めでたからむ」とする説もある。

*童―底本「はなは」。
*奉る―「奉りつ」とする説もある。
*母屋―寝殿造の建物の中央部分の部屋。周囲を御簾《すみ》・几帳・障子などで仕切り、主人が住む。
*聞き給ひて―「中将の乳母が聞き給ひて」とする説もあるが、敬語の用い方が不審。

*それと覚えけるもことわりなり――地の文とする説もある。

なむ。*それと覚えけるもことわりなり。」

車寄するほどに、古びたる声にて、「いなや、こは誰《たれ》ぞ」とのたまふ。その後《のち》いかが。をこがましうこそ。御かたちは限りなかりけれど。

このついで

春*のものとてながめさせ給ふ昼つかた、台盤所《だいばんどころ》*なる人々、「宰《さい》相《しやう》の中将こそ、参り給ふなれ。例の*御にほひ、いとしるく」など言ふほどに、つい居《ゐ》給ひて、「昨夜《よべ》より殿*に候ひしほどに、やがて御使になむ。『東《ひむがし》の対《たい》の紅梅の下に、埋《うづ》ませ給ひし薫物《たきもの》、今日のつれづれにこころみさせ給へ*』となむ」とて、えならぬ枝に、白《しろ》銀《かね》の壺二つ付け給へり。中納言の君の、御帳《みちやう》のうちに参らせ給ひて、御火取《ひとり》あまたして、若き人々*やがてこころみさせ給ひて、少しさしのぞかせ給ひて、御帳のそばの御座《おまし》にかたはら臥《ふ》させ給へり。紅梅*の織物の御衣《ぞ》に、たたなはりたる御髪《ぐし》の、すそ*ばかり見えたるに、これかれ、そこはかとなき物語、忍びやかにして、しばし候ひ*給ふ。

＊春のものとて―「起きもせず寝もせで夜をあかしては春のものとてながめ暮らしつ」（古今集・恋三・在原業平）による。
＊台盤所―台盤（当時の食卓）を扱う女房の詰所。
＊例の―底本「上の」。
＊殿―父の邸宅。
＊給へ―底本「給」。「たまふ」と読む説もある。
＊若き人々―「若き人々に」「若き人に」の「に」が脱落したか。
＊紅梅の織物の御衣―縦糸が紫、横糸が紅で織った若い女性用の着物。
＊すそ―一本「するゑ」。
＊候ひ給ふ―一本「ゐ給」。

中将の君、「この御火取のついでに、あはれと思ひて人の語りし事こそ、思ひ出でられ侍れ」とのたまへば、おとなだつ宰相の君、「何事にか侍らむ。つれづれに思し召《め》されて侍るに、申させ給へ」とそそのかせば、「さらば、つい給はむとすや」とて、「ある君達《きんだち》に、忍びて通ふ人やありけむ。いとうつくしき児《ちご》さへ出で来にければ、あはれとは思ひきこえながら、きびしき片つ方《かた》やありけむ、絶え間がちにてあるほどに、思ひも*忘れず、いみじう慕《した》ふがうつくしう、時々は、ある所に渡しなどするをも、『今*』なども言はでありしを、ほど経て立ち寄りたりしかば、いと寂しげにて、珍しくや思ひけむ、かき撫《な》でつつ見居たりしを、え立ちとまらぬ事ありて出づるを、ならひにければ、例のいたう慕ふがあはれに覚えて、しばし立ちとまりて、『さらば、いざよ』とて、かき抱《いだ》きて出でけるを、いと心苦しげに見送りて、前なる火取を手まさぐりにして、

*こだにかくあくがれ出でば薫物のひとりやいとど思ひこがれむ

*「思ひ」——底本「したふ」に傍注「まし落カ」。
*今——一本「いな」。

*「こだにかく」の歌——「こ」に子と籠、「ひとり」に火取と独り、「思ひ」の「ひ」に火をかける。

と忍びやかに言ふを、屏風《びやうぶ》の後ろにて聞きて、いみじうあはれに覚えければ、児《ちご》も返して、そのままになむ居《ゐ》られにしと。*『いかばかりあはれと思ふらむ』と、『おぼろけならじ』と言ひしかど、誰《たれ》とも言はで、いみじく笑ひまぎらはしてこそやみにしか。いづら、今は中納言の君」とのたまへば、「あいなき事のついでをも聞こえさせてけるかな。あはれ、ただ今の事は聞こえさせ侍りなむかし」とて、「去年《こぞ》の秋の頃ばかりに、*清水《きよみづ》に籠《こも》りて侍りしに、かたはらに、屏風ばかりをものはかなげに立てたる局《つぼね》の、匂ひいとをかしう、人少《ずく》ななるけはひして、折々うち泣くけはひなどしつつ行なふを、誰ならむと聞き侍りしに、明日《あす》出《い》でなむとての夕つ方、風いと荒らかに吹きて、木《こ》の葉ほろほろと*滝の方《かた》ざまにくづれ、色濃き紅葉《もみぢ》など、局の前にはひまなく散り敷きたるを、この中隔ての屏風のつらに寄りて、ここにもながめ侍りしかば、いみじう忍びやかに、

　*いとふ身はつれなきものを憂きことをあらしに散れる木の葉

*『いかばかりあはれと思ふらむ』以下——①中将の君に語った男が、第三者の立場で、恋物語を披露した、②中将の君に男が自分の体験談として語った、という二通りに解される。

*清水——京都市東山区にある清水寺。

*滝——音羽の滝か。

*「いとふ身は」の歌——「あらし」に「嵐」と「あらじ」をかける。

なりけり

『風の前なる』*と聞こゆべきほどにもなく、聞きつけて侍りしほどの、まことに、いとあはれに覚え侍りながら、さすがに、ふと答《いら》へにくく、つつましくてこそやみ侍りしか」と言へば、「いと、さしも過ごし給はざりけむとこそ覚ゆれ。さても、まことならば口惜《くちを》しき御ものづつみなりや。いづら、少将の君」とのたまへば、「さしう、物も聞こえざりつるを」と言ひながら、「をばなる*人の、東《ひむがし》山《やま》わたりに行なひてはんべりしに、しばし慕《した》ひて侍りしかば、主《あるじ》の尼君の方《かた》に、いたう口惜しからぬ人々のけはひ、あまたし侍りしを、まぎらはして、人に忍ぶにやと見え侍りしも*、隔てのけはひの、いと気高《けたか》う、ただ人《びと》とは覚え侍らざりしに、ゆかしうて、ものはかなき障子《さうじ》の紙の穴かまへ出でて、のぞき侍りしかば、簾《すだれ》に几帳《きちやう》添へて、清げなる法師二三人ばかり据《す》ゑて、いみじくをかしげなりし人、几帳のつらに添ひ臥《ふ》して、この居《ゐ》たる法師近く呼びて、物言ふ。

*『風の前なる』—「その夜の時雨、常よりも木々の木の葉残りありげもなく聞こゆるに、目をさまして、『風の前なる』などひとりごちて、…」(和泉式部日記)、「いとへども消えぬ身ぞ憂きうらやまし風の前なる宵のともし火」「日をへつつ我何事を思はまし風の前なる木の葉なりせば」(以上、和泉式部続集)、「寿命猶如風前灯燭」(倶舎論)、「一生是風前之燭」(往生講式)。

*をば—祖母と解する説もある。

*しも—一本「しもの」により、「侍りし。もの隔てのけはひの」とする説もある。

何事ならむと聞きわくべきほどにもあらねど、尼にならむと語らふ気色《けしき》にやと見ゆるに、法師やすらふ気色《けしき》なれど、*なほなほせちに言ふめれば、『さらば』とて、几帳《きちやう》のほころびより、櫛《くし》の箱の蓋《ふた》に、たけに一尺ばかり余りたるにやと見ゆる髪の、筋《すぢ》、すそつき、いみじううつくしきを、わげいれて押し出《いだ》す。かたはらに、今少し若やかなる人の、十四五ばかりにやとぞ見ゆる、髪たけに四五寸ばかり余りて見ゆる、*薄色《うすいろ》の細《こま》やかなる*一襲《ひとかさね》、*掻練《かいねり》などひき重ねて、顔に袖を押しあてて、いみじう泣く。おととなるべしとぞおしはかられ侍りし。また、若き人々二三人ばかり、薄色の*裳《も》ひきかけつつ居たるも、いみじうせきあへぬ気色なり。乳母《めのと》だつ人などはなきにやと、あはれに覚え侍りて、扇のつまにいと小さく、

おぼつかな憂き世そむくは誰《たれ》とだに知らずながらも濡《ぬ》るる袖かな

と書きて、幼き人の侍るしてやりて侍りしかば、このおととにやと

*なほなほ―底本「なをし」。

*薄色―染色ならば薄紫色または薄二藍（ふたあい）。織色ならば、縦糸は紫、横糸は白という。

*一襲―「ひとへかさね」の誤写説がある。

*掻練―練って糊を落とし、柔らかにした絹布で、多くは紅色という。

*裳―女性の正装で、表着（うわぎ）の後腰（うしろごし）につけて裾を長く扇状にしたもの。

見えつる人ぞ書くめる。さて取らせたれば持て来たり。書きざまゆゑゆゑしう、をかしかりしを見しにこそ、悔《くや》しうなりて」など言ふほどに、上《うへ》渡らせ給ふ御気色なれば、まぎれて、少将の君も隠れにけりとぞ。

虫めづる姫君

蝶《てふ》めづる姫君の住み給ふかたはらに、*按察使《あぜち》の大納言の御むすめ、心にくくなべてならぬさまに、親たちかしづき給ふ事限りなし。この姫君ののたまふ事、「人々の、花、蝶やとめづるこそ、はかなくあやしけれ。人はまことあり、本地《ほんぢ》尋ねたるこそ、心ばへをかしけれ」とて、よろづの虫の、恐ろしげなるを取り集めて、「これが成らむさまを見む」とて、さまざまなる*籠箱《こばこ》どもに入れさせ給ふ。中にも、「*かは虫の、心深きさましたるこそ心にくけれ」とて、明け暮れは耳はさみをして、手のうらに添へ臥《ふ》せて、まぼり給ふ。

若き人々はおぢ惑《まど》ひければ、男《を》の童の、ものおぢせず、言ふかひなきを召《め》し寄せて、箱の虫どもを取らせ、名を問ひ聞き、今新しきには名をつけて、興じ給ふ。「人はすべて、つくろふ所あるはわろ

*按察使―地方官の治績、民情を視察する令外（りょうげ）の官であるが、後には有名無実化した。

*籠箱―小箱とする説もある。

*かは虫―毛虫。

し」とて、眉さらに抜き給はず。「歯黒め、さらにうるさし、きたなし」とて、つけ給はず、いと白《しろ》らかに笑《ゑ》みつつ、この虫どもを朝《あした》夕《ゆふべ》に愛し給ふ。人々おぢわびて逃ぐれば、その御方《かた》は、いとあやしくなむののしりける。かくおづる人をば、「けしからず、*ばうぞくなり」とて、いと眉《まゆ》黒にてなむにらみ給ひけるに、いとど心地《ここち》なむ惑《まど》ひける。

親たちは、〈いとあやしく、さまことにおはするこそ〉と思しけれど、〈思し取りたる事ぞあらむや。あやしき事ぞ。思ひて聞こゆる事は、*深く、さ、答《いら》へ給へば、いとぞかしこきや〉と、これをも〈いと恥づかし〉と思したり。「さはありとも、音聞きあやしや。人は、みめをかしき事をこそ好むなれ。むくつけげなるかは虫を興ずなると、世の人の聞かむもいとあやし」と聞こえ給へば、「苦しからず。よろづの*事どもを尋ねて、末を見ればこそ、事はゆゑあれ。いと幼き事なり。かは虫の蝶とはなるなり」。そのさまのなり出《い》づ

*ばうぞく—放俗（たしなみのないこと）の意か。凡俗の意か。「はうぞく」とする説もある。

*深く、さ、答へ—「深く障（はさ）らひ」「深く逆（かさ）らひ」とする説もある。

*事ども—「こともと」とする伝本もある。

るを、取り出でて見せ給へり。「きぬとて人々の着るも、蚕《かひこ》のまだ羽根つかぬにし出《いだ》し、蝶になりぬれば、*いともそでに、あだになりぬるをや」とのたまふに、言ひ返すべうもあらず、あさまし。さすがに、親たちにもさしむかひ給はず、*〈鬼と女とは人に見えぬぞよき〉と案じ給へり。母屋《もや》の簾《すだれ》を少し巻き上げて、几帳《きちやう》*いで立てて、しかくさかしく言ひ出《いだ》し給ふなりけり。

これを若き人々聞きて、「いみじくさかし給へど、いと心地《ここち》こそ惑《まど》へ、この御遊び物*は」「いかなる人、蝶*めづる姫君につかまつらむ」とて、兵衛といふ人、

いかでわれ*とかむ方《かた》なくしかならばかは虫ながら見るわざはせじ

と言へば、小大輔《こだいふ》といふ人、笑ひて、

うらやまし花や蝶やといふめれどかは虫くさき世をも見るかな

など言ひて笑へば、「からしや。眉はしも、かは虫だちためり」「さ

*いともそでに―「いともそでにて」「いと喪袖にて」「いともはてにて」「糸もはてにて」とする説もある。
*鬼と女とは人に見えぬぞよき―先入観により、外見から鬼は恐ろしいもの、女は美しいものと判断しない方が良いとする姫君の考えか。とすれば、外見による判断を否定する姫君の考えと合致する。
*いで立てて、しかく―「いでたてて、かく」「いでたて、しかく」「隔てて、かく」「添へて立てて、かく」とする説もある。
*は―他本「よ」。
*めづる―底本「みつる」。
*とかむ方なくしかならば―底本「とかむかたないくしか成はか虫なから」。「とかむかたなくゐてしがな」「とかむかたなくいでしがな」「とが（咎）むかたないくしかなる」「説かむかたなくいでてかく」などとする説もある。

て、歯ぐきは皮のむけたるにやあらむ」とて、左近といふ人、

「*冬来ればころも頼もし寒くともかは虫多く見ゆるあたりは

衣《きぬ》など着ずとも*あらなむかし」など言ひあへるを、とがとがしき女聞きて、「若人《わかうど》たちは、何事言ひ*おはさうずるぞ。蝶めで給ふなる人も、もはらめでたうも覚えず。けしからずこそ覚ゆれ。さてまた、かは虫ならべ蝶といふ人ありなむやは。ただそれがもぬくるぞかし。そのほどを尋ねてし給ふぞかし。それこそ心深けれ。蝶はとらふれば、手にきりつきて、いとむつかしき物ぞかし。また蝶はとらふれば、瘧病《わらはやみ》せさすなり。あなゆゆしともゆゆし」と言ふに、いとど憎さまさりて言ひあへり。

この虫どもとらふる童べには、をかしき物、かれが欲《ほ》しがる物を賜《たま》へば、さまざまに恐ろしげなる虫どもを取り集めて奉る。「かは虫は、毛などはをかしげなれど、覚えねばさうざうし」とて、*いぼじり、かたつぶりなどを取り集めて、歌ひののしらせて聞かせ給ひ

*「冬来れば」の歌――「ころも」に「頃も」と「衣」をかける。
*あらなむかし――願望の助動詞「なむ」に「かし」が、接続する例が乏しい点から、「ありなむかし」とする説もある。
*おはさうずるぞ――「おはさうとするぞ」とする説もある。
*いぼじり――かまきりの異名。

て、われも声をうちあげて、「*かたつぶりのつのの、あらそふや、なぞ」といふ事を、うち誦《ずん》じ給ふ。童べの名は、「例のやうなるはわびし」とて、虫の名をなむつけ給ひたりける。*けらを、*ひきまろ、*いなかたち、*いなごまろ、*あまびこ*なんどつけて、召《め》し使ひ給ひける。

かかる事世に聞こえて、いとうたてある事を言ふ中に、ある上達《かんだち》部《め》の*御子《おほむこ》、うちはやりてものおぢせず、愛敬《あいぎやう》づきたるあり。この姫君の事を聞きて、「さりとも、これにはおぢなむ」とて、帯の端《はし》のいとをかしげなるに、蛇《くちなは》のかたをいみじく似せて、動くべきさまなどしつけて、いろこだちたる懸袋《かけぶくろ》に入れて、結びつけたる文を見れば、

はふはふも君があたりに従はむ長き心の限りなき身は

とあるを、何心なく御前に持て参りて、「袋など、あくるだにあやしく重たきかな」とて、ひきあけたれば、蛇、首をもたげたり。人々、

*「かたつぶりのつのの、あらそふや、なぞ」―「つのの」は底本「あいのゝ」。「かたつぶりのお、つのの」とする説もあり、その場合「あ」は「お」の誤写で、「お」は声を引いて朗詠する発声を写したものと考える。
*けらを―おけら。
*ひきまろ―ひきがえる。
*いなかたち―未詳。「かなかゞち」（かなへび）の誤写とする説もある。
*あまびこ―やすで。
*なんど―底本「なむなと」。「などなむ」とする説もある。
*御子―大婿、御婿とする説もある。

心を惑《まど》はしてののしるに、君はいとのどかにて、「なもあみだぶつ、なもあみだぶつ」とて、「生前《さうぜん》の親ならむ。な騒ぎそ」とうちわななかし、顔ほかやうに、「なまめかしきうちしも、けちえんに思はむぞ、あやしき心なりや」と、うちつぶやきて、近く引き寄せ給ふも、さすがに恐ろしく覚え給ひければ、立ちどころ居どころ、蝶のごとく、□せみ声にのたまふ声の、いみじうをかしければ、人々逃げ去り来て笑ひいれば、しかしかと聞こゆ。「いとあさましく、むくつけき事をも聞くわざかな。さる物のあるを見る見る、みな立ちぬらむ事こそ、あやしきや」とて、大殿《おとど》、太刀《たち》をひきさげて、もて走りたり。よく見給へば、いみじうよく似せて作り給へりければ、手に取り持ちて、「いみじう、ものよくしける人かな」とて、「かしこがり、ほめ給ふと聞きて、したるなめり。返り事をして、早くやり給ひてよ」とて、渡り給ひぬ。

人々、作りたると聞きて、「けしからぬわざしける人かな」と言

＊顔ほかやうに―底本「かろく〳〵かやうに」。「かろし。かやうに」と改めて姫君の会話とする説もある。また、「なまめかしきうちしも」を地の文とする説もある。

＊けちえん―血縁・結縁（仏道に入る機縁）・掲焉（著しい様子）などの説がある。

＊□せみ声―底本には一字分の空白の後に「をみ声」とある。「声せみ声」とする本文もある。

＊もて走りたり―大殿に敬語がない事から、「おはしたり」の誤りではないかとする説もある。

＊やり―「遣り」（贈り物を先方に送りつける）「破り」（先方からもらった手紙を破る）のいずれにも解しうる。

ひ憎み、「返り事せずは、おぼつかなかりなむ*」とて、いとこはく、すくよかなる紙に書き給ふ。仮名《かな》はまだ書き給はざりければ、片仮名《かたかんな》に、

「契リアラバヨキ極楽ニユキアハムマツハレニクシ虫ノ姿ハ福地ノ園*ニ」とある。

右馬《うま》の佐《すけ》見給ひて、〈いと珍かに、さま異なる文かな〉と思ひて、〈いかで見てしがな〉と思ひて、中将と言ひ合はせて、あやしき女どもの姿を作りて、按察使《あぜち》の大納言の出《い》で給へるほどにおはして、姫君の住み給ふ方《かた》の、北面《きたおもて》の*立蔀《たてじとみ》のもとにて見給へば、男《を》の童の異なる事なき、草木どもにたたずみありきて、さて言ふやうは、「この木にすべて、いくらもありく*は、いとをかしきものかな」と、「これ御覧ぜよ」とて、簾《すだれ》を引き上げて、「いとおもしろきかは虫こそ候へ」と言へば、さかしき声にて、「いと興ある事かな。こち持て来《こ》」とのたまへば、「取り分かつべくも侍らず。ただここもと御覧ぜよ」

*おぼつかなかりなむ—「おぼつかながりなむ」とする説もある。

*福地ノ園—福徳を生ずる園、すなわち、極楽のことか。

*立蔀—衝立(ついたて)のように作ったもので、室内が見えないように目隠しをして、庭に立てる。

*ありくは—底本「ありては」。

と言へば、荒らかに踏みて出づ。

簾を押し張りて、枝を見はり給ふを見れば、頭《かしら》へ衣《きぬ》着上げて、髪もさがりば清げにはあれど、けづりつくろはねばにや、渋げに見ゆるを、眉いと黒く、*はなばなとあざやかに、涼しげに見えたり。口つきも愛敬《あいぎやう》づきて、清げなれど、歯黒めつけねば、いと世づかず。〈化粧《けさう》したらば、清げにはありぬべし。心憂くもあるかな〉と覚ゆ。かくまでやつしたれど、みにくくなどはあらで、いとさま異《こと》に、あざやかに気高《けたか》く、*はれやかなるさまぞあたらしき。*練色《ねりいろ》の綾の*袿《うちき》ひとかさね、*はたおりめの小袿ひとかさね、白き袴《はかま》を好みて着給へり。

この虫を、〈いとよく見む〉と思ひて、さし出でて、「あなめでたや。日にあぶらるるが苦しければ、こなたざまに来るなりけり。これを、一つも落さで*追ひおこせよ、童べ」とのたまへば、突き落せば、はらはらと落つ。白き扇の、墨黒に真名《まな》の手習《てなら》ひしたるをさし

*はなばなと—「鼻いと」とする説もある。
*はれやかなる—底本「はなやかなる」。
*練色—薄黄色を帯びた白色。
*袿—女性の重ね上衣。正装の場合には、この上に唐衣・裳を着る。
*はたおりめ—きりぎりすの古名。
*追ひおこせよ—「追ひ落とせよ」の誤写とする説もある。

出でて、「これに拾ひ入れよ」とのたまへば、童べ取り出づる*。みな君達《きんだち》*もあさましう、〈さいなむ*あるわたりに、こよなくもあるかな〉と思ひて、この人を思ひて、〈いみじ〉と君は見給ふ*。

童の立てる、〈あやし〉と見て、「かの立蔀《たてじとみ》のもとに添ひて、清げなる男の、さすがに姿つきあやしげなるこそ、のぞき立てれ」と言へば、この大輔《たいふ》の君といふ、「あないみじ。御前《まへ》には、例の、虫興じ給ふとて、あらはにやおはすらむ。告げ奉らむ」とて参れば、例の、簾《すだれ》の外《と》におはして、かは虫ののしりて、払ひ落させ給ふ。いと恐ろしければ、近くは寄らで、「入らせ給へ*。端《はし》あらはなり」と聞こえさすれば、〈これを制せむと思ひて言ふ〉と覚えて*、「それ、さはれ、物恥づかしからず」とのたまへば、「あな心憂。虚言《そらごと》と思しめすか。その立蔀のつらに、いと恥づかしげなる人侍るなるを。奥にて御覧ぜよ」と言へば、「けらを、かしこに出《い》で見て来《こ》」とのたまへば、立ち走りていきて、「まことに侍るなりけり」と申せば、

*取り出づる―「取り入る」とする説もある。
*みな君達―「見る君達」とする説もある。
*さいなむ―災難か。「才(さ)なむ」「さへなん」と本文を改め、「すばらしく驚くほど立派なお邸」とする説もある。
*君は見給ふ―「きえ入り給ふ」の誤写とする説もある。
*「入らせ給へ。端あらはなり」―「入らせ給へかし。あらはなり」とする説もある。
*覚えて―姫君に敬語がない点から、「おぼして」とする説もある。

立ち走り、かは虫は袖に拾ひ入れて、走り入り給ひぬ。たけだちよきほどに、髪も袿《うちき》ばかりにていと多かり。すそもそがねば、ふさやかならねど、ととのほりてなかなかうつくしげなり。〈かくまであらぬも、世の常び、ことざま、けはひもてつけぬるは、口惜しうやはある。まことに、うとましかるべきさまなれど、いと清げに、気高《けたか》う、わづらはしきけぞ異なるべき。あな口惜《くちを》し。などか、いとむくつけき心なるらむ。かばかりなるさまを〉と思す。

右馬《うま》の佐《すけ》、「ただ帰らむは、いとさうざうし。見けりとだに知らせむ」とて、畳紙《たたうがみ》*に、草の汁*して、

かは虫の*毛深きさまを見つるよりとりもちてのみ守るべきかな

とて、扇して打ちたたき給へば、童べ出で来たり。「これ奉れ」とて取らすれば、大輔《たいふ》の君といふ人*、「この、かしこに立ち給へる人の、御前《まへ》に奉れとて」と言へば、取りて、「あないみじ。右馬の佐

*畳紙—たたんで懐中に入れておき、鼻紙や歌を書き記す時などに用いたもの。

*草の汁—虫好きの姫君に贈るのに機転がきいていて、ふさわしいと一般に解されているが、「草の汁」である以上は、草を絞ったエキスである点から考えると、そこに性的なものを意味しているか。

*「かは虫の」の歌—「毛」に「気」、「とりもち」に「執り持ち（心から大切にする）」と「鳥もち」をかける。

*人—「人に」の「に」が脱落したかとする説もある。

のしわざにこそあめれ。心憂げなる虫をしも興じ給へる御顔を、見給ひつらむよ」とて、さまざま聞こゆれば、言ひ給ふ事は、「思ひとけば、物なむ恥づかしからぬ。人は夢・幻のやうなる世に、誰《たれ》かとまりて、悪《あ》しき事をも見、よきをも見思ふべき」とのたまへば、言ふかひなくて、若き人々おのがじし心憂がりあへり。

この人々、〈*返り事やはある〉とて、しばし立ち給へれど、童べをもみな呼び入れて、「心憂し」と言ひあへり。ある人々は心づきたるもあるべし。「さすがにいとほし」とて、

　人に似ぬ心のうちはかは虫の名を問ひてこそ言はまほしけれ

右馬《うま》の佐《すけ》

　かは虫にまぎるる*まへの毛の末にあたるばかりの人はなきかな

と言ひて、笑ひて帰りぬめり。二の巻にあるべし。

＊返り事やは—底本「返てやは」。「返さでやは」とする説もある。

＊まへの毛—底本「まつの毛」。「まゆの毛」とする説もある。

ほどほどの懸想

祭*の頃は、なべて今めかしう見ゆるにやあらむ、あやしき小家《こいへ》の半蔀《はじとみ》*も、葵《あふひ》などかざして心地《ここち》よげなり。童べの衵《あこめ》、袴、清げにて、さまざまの物忌《ものいみ》どもつけ、化粧《けさう》して、我も劣らじといどみたる気色《けしき》どもにて、行《ゆ》きちがふはをかしく見ゆるを、ましてその際《きは》の小《こ》*舎人《とねり》、随身《ずいじん》*などは、ことに思ひとがむる*も、ことわりなり。とりどり思ひ分けつつ、物言ひたはぶるるも、何ばかりはかばかしき事ならじかしと、あまた見ゆる中に、いづくのにかあらむ、薄色《うすいろ》着たる、髪はたけばかり*ある、頭《かしら》つき、やうだい、何もいとをかしげなるを、頭《とう》*の中将の御小舎人童、〈思ふさまなり〉とて、いみじうなりたる梅の枝に、葵をかざして取らすとて、

梅が枝《え》*に深くぞ頼むおしなべてかざすあふひのねも見てしがな

*祭―都で祭といえば、陰暦四月の中の酉(とり)の日に行われた賀茂神社の祭で、葵祭ともいう。
*半蔀―下半分を格子または板で固定し、上半分を蔀(格子組に板張)にして外側へつり上げるようにした戸。
*小舎人―近衛の中将・少将が召し連れる小舎人童の略称。
*随身―貴人の外出時、護衛のために朝廷から下賜された武装した官人。貴人の身分により人数が異なる。中将の場合は四人。
*思ひとがむる―一本「おもひもなかめる」。
*たけばかり―底本「きはかり」。「はぎ(脛)ばかり」とする説もある。
*頭の中将―近衛中将で蔵人頭を兼任する者。
*「梅が枝に」の歌―「あふひのね」に「葵の根」と「逢ふ日の寝」をかける。

と言へば、

　*しめの中の葵にかかるゆふかづらくれどねながきものと知らなむ

と、おしはなちて答《いら》ふもされたり。「あな、聞きにくや」とて*笏《さく》して走り打ちたれば、「そよ、その*なげきの森の、もどかしければぞかし」など、ほどほどにつけては、かたみにいたしなど思ふべかめり。その後《のち》、常に行《ゆ》き逢ひつつも語らふ。

　いかになりにけむ、うせ給ひにし*式部卿の宮の姫君の中になむ候ひける。宮などとく隠れ給ひにしかば、心細く思ひ嘆きつつ、*下《しも》わたりに人少なにて過ぐし給ふ。上は、宮の失《う》せ給ひける折、さま変へ給ひにけり。姫君の御かたち、例の事と言ひながら、なべてならずねびまさり給へば、〈いかにせまし、内裏《うち》などに思し定めたりしを、今はかひなく〉など思し嘆くべし。

　この童、来つつ見るごとに、頼もしげなく、宮の内も寂しくすご

*「しめの中の」の歌―「くれど」に「繰れど」と「来れど」、「ね」に「根」と「寝」をかける。

*笏―文官が束帯の時に右手に持ち、心覚えを書きつけた板片。後には儀礼的なものになった。

*なげきの森―「ねぎ言(ど)をさのみ聞きけむ社(やしろ)こそ果てはなげきの森となるらめ」(古今集・誹諧歌)。「なげきの森」は大隅(おおすみ)国(鹿児島県)の歌枕。「なげき」に「嘆き」と「投げ木」をかけ、笏で打つことをさす。

*式部卿の宮―式部省の長官で、皇族の就任が多い。

*下わたり―下京。都の南の方で、さびれた場末。

げなる気色《けしき》を見て語らふ。「まろが君を、この宮に通はし奉らばや。まだ定めたる方《かた》もなくておはしますに、いかによからむ。ほど遙《はる》かになれば、思ふままにも参らねば、おろかなるとも思すらむ。また、いかにとうしろめたき心地《ここち》も添へて、さまざま安げなきを」と言へば、「さらに今は、さやうの事も思しのたまはせずとこそ聞けば」と言ふ。「御かたち、めでたくおはしますらむや。いみじき御子《みこ》たちなりとも、あかぬ所おはしまさむは、いと口惜しからむ」と言へば、「あなあさまし。いかでか。見奉らむ人々ののたまふは、『よろづむつかしきも、御前《ごぜん》にだに参れば、慰みぬべし』とこそのたまへ」と語らひて、明けぬれば往《い》ぬ。

かくいふほどに、年もかへりにけり。君の御方《かた》に若くて候ふ男、好ましきにやあらむ、定めたる所もなくて、この童に言ふ。「その通ふらむ所はいづくぞ。さりぬべからむや」と言へば、「八条の宮になむ。知りたる者候ふめれども、ことに若人《わかうど》あまた候ふまじ。ただ、中将、侍従の君などいふなむ、かたちもよげなり*と聞き侍る」と言ふ。「さらば、そのしるべして伝へさせよ」とて、文取らすれば、「はかなの御懸想《けさう》かな」と言ひて、持て行《い》きて取らすれば、「あやしの事や」と言ひて、持てのぼりて、「しかしかの人」とて見す。

手も清げなり。柳につけて、

「下にのみ*思ひ乱るる青柳《あをやぎ》のかたよる風はほのめかさずや

知らずはいかに*」とある。「御返り事なからむは、いと古めかしからむ。今やうは*、なかなかはじめのをぞし給ふなる」などぞ笑ひてもどかす。少し今めかしき人にや、

一筋《ひとすぢ》*に思ひもよらぬ青柳は風につけつつさぞ乱るらむ

今やうの手の、かどあるに書き乱りたれば、〈をかし〉と思ふにや、まもらへて居《ゐ》たるを、君見給ひて、後《うし》ろよりにはかに奪《ば》ひ取り給ひつる。

「誰《た》がぞ」とつみひねり問ひ給へり。「しかしかの人のもとになむ。

*よげなり—一本「きよげなり」。

*「下にのみ」の歌—「かたよる」に「片縒る（糸などを一方から縒る）」と風や心が「片寄る」をかける。

*知らずはいかに—「知るや君知らずはいかにつらからむわがかくばかり思ふ心を」（拾遺集・恋二・よみ人しらず）による。

*今やうは—底本「いまやうくは」。「今やうざま」とする説もある。

*「一筋に」の歌—風葉集巻十五（恋五）に「男の、柳に付けて『したにのみ思ひ乱るる青柳を』といひて侍りける返事に　ほどほどの懸想の式部卿宮の姫君の侍従」として入る。「よらぬ」に「縒らぬ」と「寄らぬ」をかける。

なほざりにや侍る」と聞こゆ。〈我も、いかでさるべからむたよりもがな〉と思すあたりなれば、目とまりて見給ふ。「同じくは、ねんごろに言ひおもむけよ。*物のたよりにもせむ」などのたまふ。

童を召《め》して、ありさま詳しく問はせ給ふ。ありのままに、心細げなるありさまを語らひきこゆれば、〈あはれ、故宮のおはせましかば〉。さるべき折はまうでつつ見しにも、よろづ思ひ合はせられ給ひて、「*世の常に」など、ひとりごたれ給ふ。わが御上《うへ》もはかなく思ひ続けられ給ふ。いとど世もあぢきなく覚え給へど、また、いかなる心の乱れにかあらむとのみ、常にもよほし給ひつつ、歌などよみて問はせ給ふべし。〈いかで言ひつきし〉など、思しけるとかや。

*物のたよりにもせむ—一本「物のたよりにものせむ」。

*「世の常に」—通説は「花のごと世の常ならば過ぐしてし昔はまたもかへり来なまし」（古今集・春下・よみ人しらず）によるとするが、「世の常に聞くだにあるをほととぎすなき人恋ふる折々の声」（兼輔集）、「世の常になりぬべきかな桜花散れば嘆くといはずやあらまし」（大弐高遠集）とする説もある。

逢坂越えぬ権中納言

*五月待ちつけたる花橘の香《か》も、昔の人恋しう、秋の夕《ゆふべ》にも劣らぬ風にうち匂ひたるは、をかしうもあはれにも思ひ知らるるを、*山ほととぎすも里なれて語らふに、三日月のかげほのかなるは、折から忍びがたくて、例の宮わたりにおとなはまほしう思さるれど、「かひあらじ」とうち嘆かれて、あるわたりの、〈なほ情《なさけ》余りなる*まで〉と思せど、〈そなたはもの憂きなるべし。いかにせむ〉とながめ給ふほどに、「内裏《うち》に御遊び始まるを、ただ今参らせ給へ」とて、蔵人《くらうど》の少将参り給へり。「待たせ給ふを」などそそのかしきこゆれば、もの憂ながら、「車さし寄せよ」などのたまふを、少将、「いみじう、ふさはぬ御気色《けしき》の候ふは、頼めさせ給へる方《かた》の、恨み申すべきにや」と聞こゆれば、「かばかりあやしき身を、恨めしきまで思ふ人は、誰《たれ》

*五月待ちつけたる花橘の香も―「さつき待つ花橘の香をかげば昔の人の袖の香ぞする」（古今集・夏・よみ人しらず）による。

*山ほととぎすも里なれて語らふに―「あしひきの山時鳥里馴れてたそがれ時に名のりすらしも」（拾遺集・雑春・大中臣輔親（おおなかとみのすけちか））による。

*まで―「方へ」の誤写とする説もある。

か」など言ひかはして参り給ひぬ。琴、笛など取り散らして、調べまうけて待たせ給ふなりけり。ほどなき月も雲隠《がく》れぬるを、星の光に遊ばせ給ふ。この方《かた》つきなき殿上人などは、ねぶたげにうちあくびつつ、すさまじげなるぞわりなき。

御遊び果てて、中納言、中宮の御方《かた》にさしのぞき給へれば、若き人々、心地《ここち》よげにうち笑ひつつ、「いみじき*方人《かたうど》参らせ給へり。あれをこそ」など言へば、「何事せさせ給ふぞ」とのたまへば、「*明後《あさ》日《て》、根合《ねあはせ》し侍るを、いづ方《かた》にか*寄らむと思しめす」と聞こゆれば、「*あやめも知らぬ身なれども、引き取り給はむ方《かた》にこそは」とのたまへば、「あやめも知らせ給はざなれば、右には不用にこそは。さらば、こなたに」とて、小宰相《こさいしやう》の君、押し取りきこえさせつれば、御心も寄るにや、「かう仰せらるる折も侍りけるは」とて、憎からずうち笑ひて、出《い》で給ひぬるを、〈例の、つれなき御気色《けしき》こそわびしけれ。かかる折は、うち乱れ給へかし〉とぞ見ゆる。右の人、「さ

*方人―味方。
*明後日、根合し侍るを―底本「あさくたねはせ侍しを」。「明後日、根合侍り、潮いづかたにか」とする説もある。
*寄らむ―一本「よからむ」。
*あやめ―「文目（筋道）」に「菖蒲」をかける。参考「ほととぎす鳴くや五月のあやめ草あやめも知らぬ恋もするかな」（古今集・恋一・よみ人知らず）。

らば、こなたには三位《さんみ》の中将を寄せ奉らむ」と言ひて、殿上*に呼びにやりきこえて、「かかる事の侍るを。こなたに寄らせ給へと頼みきこゆる」と聞こえさすれば、「ことにも侍らぬ。心の思はむ限りこそは」と、頼もしうのたまふを、「さればこそ。この御心は、そこひ知らぬこひぢ*にもおり立ち給ひなむ」と、かたみにうらやむも、宮*はをかしう聞かせ給ふ。

中納言、さこそ心に入らぬ気色《けしき》なりしかど、その日になりて、えも言はぬ根ども引き具して参り給へり。小宰相《こさいしやう》の局《つぼね》にまづおはして、「心幼く取り寄せ給ひしが心苦しさに、若々しき心地《ここち》すれど、*安《あ》積《さか》の沼を尋ねて侍り。さりとも負け給はじ」とあるぞ頼もしき。いつのまに思ひ寄りける事にか、言ひ過ぐすべくもあらず。

*右の中将おはしたんなり。「いづこや、いたう暮れぬほどぞよからむ。中納言はまだ参らせ給はぬにや」と、まだきにいどましげなるを、少将の君、「あな、をこがまし。御前《まへ》こそ、御声のみ高くて

*殿上―清涼殿の殿上の間(ま)のことで、公卿や殿上人が昇殿伺候する所。

*こひぢ―「恋路」と「泥」をかける。

*宮―中宮。

*安積の沼―岩代(いわしろ)国(福島県)の歌枕で、花かつみの名所。参考「みちのくの浅香の沼の花かつみかつ見る人に恋ひやわたらむ」(古今集・恋四・よみ人しらず)。

*右の中将―底本「みきの少将」。

遅かめれ。かれはしののめより入り居《ゐ》て、整へさせ給ふめり」など言ふほどにぞ、かたちよりはじめて、同じ人とも見えず、恥づかしげにて、「などとよ。この翁、ないたういどみ給ひそ。身も苦し」とて歩《あゆ》み出《い》で給へる。御年のほどぞ二十に一、二ばかり余り給ふらむ。「さらば、とくし給へかし。*見侍らむ」とて、人々参り集《つど》ひたり。方人《かたうど》の殿上人、心々に取り出づる根のありさま、いづれもいづれも劣らず、見ゆる中にも、左のは、なほなまめかしき気《け》さへ添ひてぞ、中納言のし出で給へる。合はせもて行《ゆ》くほどに、*持《ぢ》にやならむと見ゆるを、左の果てに取り出でられたる根ども、さらに心及ぶべうもあらず。三位の中将言はむ方《かた》なくまもり居給へり。「左勝ちぬるなめり」と、方人の気色、したり顔に心地よげなり。

　根合果てて、歌の折になりぬ。左の*講師《かうじ》左中弁、右のは四位の少将、読みあぐるほど、小宰相の君など、いかに心尽くすらむと見えたり。「四位の少将、いかに。憶《おく》すや」と、あいなう、中納言後見《うしろみ》

*見侍らむ―底本「みはつらむ」。

*持―引き分け。

*講師―披講（歌などを読みあげて披露）する役。

給ふほどねたげなり。

左*

君*が代の長きためしにあやめ草千尋《ちひろ》に余る根をぞ引きつる

右

なべてのと誰《たれ》か見るべきあやめ草安積《あさか》の沼の根にこそありけれ

とのたまへば、中将*「さらに劣らじものを」とて、

いづれ*ともいかがわくべきあやめ草同じよどのに生《お》ふる根なれば

とのたまふほどに、上《うへ》聞かせ給ひて、ゆかしう思しめさるれば、忍びやかにて渡らせ給へり。宮の御覧ずる所に寄らせ給ひて、「をかしき事の侍りけるを、などか告げさせ給はざりける。中納言、三位《さんみ》など、方《かた》わかるるは、戯れにはあらざりける事にこそは」とのたまはすれば、「心に寄る方《かた》のあるにや、分くとはなけれど、さすがにいどましげにぞ」など聞こえさせ給ふ。「小宰相《こさいしやう》、少将*が気色《けしき》こそ

*左―左方から披講するので、左が先だが、右の歌に「安積の沼の」とあり、明らかに中納言側、左方である。とすれば、矛盾することになり、「右」の誤写とし、今までの中納言「左」を「右」に、三位中将「右」を「左」に改める説もある。

*「君が代の」の歌―風葉集巻十（賀）に「中宮の根合に　よみ人知らず逢坂越えぬ」として入る。

*中将―底本「少将」。少将とすれば四位の少将だが、『八雲御抄』巻二に「凡ソ講師歌ヲ読ム外ハ言ハズ。是故実也」とあり、抵触するところから、一応、三位中将と考えておく。

*「いづれとも」の歌―『袋草子』下によれば、一番は左右の順で行ない、二番以下は前番で負けた方が先に披講する習慣があり、右が負けたので、今度は右歌が先に披講されたとする説もある。「よどの」は山城（やましろ）国（京都府）淀野で菖蒲の名所。「閨（ねや）の上に根ざしとどめよ菖蒲草尋ねてひくも同じ淀野を」（後拾遺集・夏・大中臣輔弘（おおなかとみのすけひろ））の歌は

いみじかめれ。いづれ勝ち負けたる。さりとも、中納言負けじ」など仰せらるるや、ほの聞こゆらむ、*中将、御簾《みす》のうちうらめしげに見やりたる尻目《しりめ》も、らうらうじく愛敬《あいぎやう》づき、人よりことに見ゆれど、なまめかしう恥づかしげなるは、なほ類《たぐひ》なげなり。

「むげにかくて止《や》みなむも、名残《なごり》つれづれなるべきを。*琵琶の音《ね》こそ恋しきほどに*なりにたれ」と、中納言、弁をそそのかし給へば、「*その事となきいとまなさに、みな忘れにて侍るものを」と言へど、逃《のが》るべうもあらずのたまへば、*盤渉調《ばんしきでう》にかい調べて、はやりかにかきならしたるを、中納言、堪《た》へずをかしうやおぼさるらむ、*和琴《わごん》取り寄せて、弾《ひ》き合はせ給へり。この世の事とも聞こえず。三位横笛、四位の少将拍子《ひやうし》とりて、蔵人の少将、*伊勢の海うたひ給ふ。声まぎれずうつくし。上《うへ》は、さまざまおもしろく聞かせ給ふ中にも、中納言は、かううちとけ、心に入れて弾き給へる折は少なきを、珍しう思しめす。「明日は御物忌《ものいみ》なれば、夜更《ふ》けぬさきにとく帰らせ給

この歌を本歌とする説もある。

＊少将―底本「中将」。左方の女房の小宰相と同列に登場するので、右方の女房の少将であろう。

＊中将―底本「少将」。

＊琵琶の音こそ恋しきほどに―「酒ヲ挙(あ)ゲ飲マント欲シテ管絃無シ。酔ヒテ歓ヲ成サズ。惨トシテ将(ま)ニ別レントス。別レノ時茫々江月(かうげつ)ヲ浸(ひた)ス。忽チ聞ク水上琵琶ノ声。主人ハ帰ルヲ忘レ客ハ発(はつ)セズ」(白楽天・琵琶行)。

＊なりにたれ―底本「なりわたれ」。

＊その事となきいとまなさに―「年長ジ色衰へ身ヲ委(まか)シテ賈人(こじん)ノ婦ト為ル」(琵琶行)。

＊盤渉調―雅楽で十二律の一つ。西洋音階のロ調にあたり、秋・冬季の調べ。

＊和琴―日本古来のもので六絃。神楽・東遊(あずまあそび)などに用いられた。

＊「伊勢の海」―催馬楽の一つ。「伊勢の海の　清き渚の　しほがひに　なのりそやつまん　貝やひろはん　玉やひろはん」。

ふ」とて、左の根の中にことに長きを、「ためしにも」とて持たせ給へり。

中納言まかりで給ふとて、「＊階《はし》のもとの薔薇《さうび》も」とうち誦《ずん》じ給へるを、若き人々は、あかず慕《した》ひぬべくめできこゆ。〈かの宮わたりにも、おぼつかなきほどになりにけるを〉と、おとなはまほしう思せど、〈いたう更《ふ》けぬらむ〉とて、うち臥《ふ》し給へれど、まどろまれず。「＊人はものをや」とぞ言はれ給ひける。

又の日、あやめも引き過ぎぬれど、名残《なごり》にや、＊さうぶの紙あまた引き重ねて、

＊昨日《きのふ》こそ引きわびにしかあやめ草深きこひぢにおり立ちしまに

と聞こえ給へれど、例のかひなさを思し嘆くほどに、はかなく五月《さつき》も過ぎぬ。

＊地《つち》さへ割れて照る日にも、袖ほす世なく思しくづほるる。十日余《よ》日《ひ》の月くまなきに、宮にいと忍びておはしたり。宰相《さいしやう》の君に消息《せうそく》

＊「階のもとの薔薇も」――「甕（もたい）ノ頭（ほとり）ノ竹葉ハ春ヲ経テ熟シ　階ノ底（もと）ノ薔薇ハ夏ニ入リテ開ク」（和漢朗詠集・首夏・白楽天）。甕は酒を入れる器のこと。

＊「人はものをや」――「夏の夜を寝ぬにあけぬといひおきし人はものをや思はざりけむ」（和漢朗詠集・夏夜・人丸）による。

＊さうぶの紙――襲の色目で、表が青（あるいは白）、裏が紅梅。もしくは、菖蒲染で青みがかった紫色の紙のことか。

＊「昨日こそ」の歌――「こひぢ」に「恋路」と「泥」をかける。

＊地さへ割れて照る日にも――「水無月の土さへさけて照る日にも我が袖ひめや妹に逢はずして」（拾遺集・夏・よみ人しらず。万葉集巻十にも「妹」が「君」となって収められている）。

し給へれば、「恥づかしげなる御ありさまに、いかで聞こえさせむ」と言へど、〈さりとて、もののほど知らぬやうにや〉とて、妻戸《つまど》押しあけ対面したり。うち匂ひ給へるに、よそながらうつる心地《ここち》ぞする。なまめかしう、心深げに聞こえ続け給ふ事どもは、奥のえびすも思ひ知りぬべし。「例のかひなくとも、かくと聞きつばかりの御ことのはをだに」と責《せ》め給へば、「いさや」とうち嘆きて入るに、やをら続きて入りぬ。

臥《ふ》し給へる所にさし寄りて、「時々は端《はし》つ方にても涼ませ*給へかし。余り埋《むも》れ居《ゐ》たるも」とて、「例のわりなき事こそ。えも言ひ知らぬ御気色《けしき》、常よりもいとほしうこそ見奉り侍れ。『ただ一言《ひとこと》聞こえ知らせまほしくてなむ。野にも山にも*』と、かこたせ給ふこそ。わりなく侍る」と聞こゆれば、「いかなるにか、心地の例ならず覚ゆる」とのたまふ。「いかが」と聞こゆれば、「例は宮に教ふる」とて動き給ふべうもあらねば、「かくなむ聞こえむ」とて立ちぬるを、

*「涼ませ」——底本「すませ」。

*『野にも山にも』——いづくにか世をばいとはむ心こそ野にも山にもまどふべらなれ」（古今集・雑下・素性）、「うち頼む人の心のつらければ野にも山にもいざかくれなむ」（素性法師集）。後者の方が文意にかなうか。

声をしるべにて尋ねおはしたり。思し惑《まど》ひたるさま心苦しければ、「身のほど知らず、なめげにはよも御覧ぜられじ。ただ一声を」と言ひもやらず、涙のこぼるるさまぞ、さまよき人もなかりける。

宰相の君、出《い》でて見れど人もなし。〈返り事を聞きてこそ出で給はめ。人にものたまふなめり〉と思ひて、しばし待ち聞こゆるに、おはせずなりぬれば、〈なかなかかひなき事は聞かじなど思して、出で給ひにけるなめり。いとほしかりつる御気色《けしき》を、我ならば〉とや思ふらむ、あぢきなくうちながめて、うちをば思ひ寄らぬぞ、心おくれたりける。

宮は、さすがにわりなく見え給ふものから、心強くて、明けゆく気色を、中納言も、えぞあらだち給はざりける。〈心のほども思し知れ〉とにや、〈わびし〉と思したるを、立ち出で給ふべき心地《ここち》はせねど、〈見る人あらば、ことあり顔にこそは〉と、人の御ためいとほしくて、「今より後《のち》だに思し知らず顔ならば、心憂くなむ。な

ほつらからむとや思しめす。人はかくしも思ひ侍らじ」とて、
恨*むべき方《かた》こそなけれ夏衣薄き隔てのつれなきやなぞ

*「恨むべき」の歌――「蝉の声聞けばかなしな夏衣うすくや人のならむと思へば」（古今集・恋四・紀友則）によるとする説もある。

貝合

＊長月《ながつき》の有明《ありあけ》の月に誘はれて、蔵人《くらうど》の少将、＊指貫《さしぬき》つきづきしく引きあげて、ただ一人《ひとり》、小舎人童《ことねりわらは》ばかり具して、やがて朝霧もよく立ち隠しつべく、ひまなげなるに、「をかしからむ所の、あきたらむもがな」と言ひて歩《あゆ》み行《ゆ》くに、木立《こだち》をかしき家に、琴《きん》の声ほのかに聞こゆるに、いみじううれしくなりて＊めぐる。〈門《かど》の脇など、くづれやある〉と見けれど、いみじく築地《ついぢ》などまたきに、なかなかわびしく、〈いかなる人のかく弾《ひ》き居《ゐ》たるならむ〉と、わりなくゆかしけれど、すべき方《かた》も覚えで、例の、声出《いだ》させて＊随身《ずいじん》にうたはせ給ふ。

＊ゆく方《かた》も忘るるばかり朝ぼらけひきとどむめる琴《こと》の声かな

とうたはせて、まことに、しばし、〈内より人や〉と、心ときめきし給へど、さもあらぬは口惜《くちを》しくて、歩《あゆ》み過ぎたれば、いと好まし

＊長月の有明の月に誘はれて―「今来むといひしばかりに長月の有明の月を待ちいでつるかな」（古今集・恋四・素性）
＊指貫―裾《すそ》にくくり紐《ひも》のある袴。
＊めぐる―「めぐる門」と続ける説や、「めぐるめぐる」や「めぐり」の誤写説もある。
＊随身―少将の場合は二人。
＊「ゆく方も」の歌―第一句、底本「ゆきかた」。足を「ひきとどむ」と琴を「弾く」をかける。

げなる童べ四五人ばかり走りちがひ、小舎人童、男《をのこ》など、をかしげなる*小破子《こわりご》やうのものをささげ、をかしき文、袖の上にうち置きて、出で入る家あり。

〈何わざするならむ〉とゆかしくて、人目見はかりて、やをらはひ入りて、いみじくしげき薄《すすき》の中に立てるに、八、九ばかりなる女《をんな》子《ご》の、いとをかしげなる、薄色《うすいろ》の袙《あこめ》、*紅梅など*乱れ着たる、小さき貝を瑠璃《るり》の壺に入れて、あなたより走るさまの、あわたたしげなるを、〈をかし〉と見給ふに、*直衣《なほし》の袖を見て、「ここに人こそあれ」と何心もなく言ふに、わびしくなりて、「*あなかまよ。聞ゆべき事ありて、いと忍びて参り来たる人ぞ」と*、「寄り給へ」と言へば、「明日の事思ひ侍るに、今よりいとまなくて、そそきはむべるを」とさへづりかけて、往《い》ぬべく見ゆめり。

をかしければ、「何事の、さ忙しくは思さるるぞ。まろをだに思さむとあらば、いみじうをかしき事も、人は得てむかし」と言へば、

*小破子―底本「こわらは」。破子は中に仕切りのある白木製の食器。

*紅梅―襲の色目の紅梅（表は紅、裏は紫）は普通十一月から二月まで着るもので、九月の季節には合わない。紅梅色の汗衫《かざみ》（表着の上に着る、後部の長い単の服で、童女の正装用）かとする説もある。

*乱れ着たる―「しだれ着たる」の誤りとする説もある。

*直衣―貴人の普段着。

*あなかまよ―底本「かまよ」。

*と―『……』と、『より給へ』と言へば」、「『……来たる人ぞ。と寄り給へ』と言へば」、「『そと寄り給へ』」とする説もある。

名残《なごり》なく立ちとまりて、「*この姫君と上《うへ》との御方《かた》の姫君と、貝合《かひあはせ》せさせ給はむとて、月頃いみじく集めさせ給ふに、あなたの御方《かた》は、大輔《たいふ》の君、侍従の君と、『貝合《かひあはせ》せさせ給はむ』とて、いみじく、求めさせ給ふなり。まろが御前《まへ》は、ただ若君一所《ひとところ》にて、いみじくわりなく覚ゆれば、ただ今も、姉君の御もとに人やらむとて。まかりなむ」と言へば、「その姫君たちのうちとけ給ひたらむ、格子のはざまなどにて見せ給へ」と言へば、「人に語り給はば。母もこそのたまへ」とおづれば、「物狂ほし。まろはさらに物言はぬ人ぞよ。ただ、人に勝たせ奉らむ、勝たせ奉らじは、心ぞよ。いかなるにか、*人《ひと》物言ふぞ」とのたまへば、よろづ覚えで、「さらば帰り給ふなよ。隠れ作りて据《す》ゑ奉らむ。人の起きぬさきに、いざ給へ」とて、西の妻戸《つまど》に、屏風《びやうぶ》押したたみ寄せたる所に据ゑ置くを、ひがひがしく、やうやうなり行くを、〈幼き子を頼みて、見もつけられたらば、よしなかるべきわざぞかし〉など思ひ思ひ、はざまよりのぞけば、十

*この姫君と上との御方の姫君—「この姫君、上、外(と)の御方の姫君」と改める説もある。

*人物言ふぞ—底本「ひとものふち」。「いとものみじかく」「人も入るふち」「貝どもの結(ちけ)」とする説もある。

*などして、ことに—「などと、手ごとに」「などして、手ごとに」とする説もある。

*騒ぐ中—「騒ぐ中に」と「に」を補う説もある。

*萩襲—襲の色目で、表は蘇芳（黒みがかった紅色）、裏は青。秋に用いる。

四、五ばかりの子ども見えて、いと若くきびはなる限り十二、三ばかり、ありつる童のやうなる子ども*などして、ことに、小箱に入れ、物の蓋《ふた》に入れなどして、持ちがひ*騒ぐ中、母屋《もや》の簾《すだれ》に添へたる几《き》帳《ちやう》のつまうちあげて、さし出でたる人、わづかに十三ばかりにやと見えて、額髪《ひたひがみ》のかかりたるほどよりはじめて、この世のものとも見えずうつくしきに、*萩襲《はぎがさね》の織物の袿《うちき》、*紫苑色《しをんいろ》など、押し重ねたる、つらつゑをつきて、いともの嘆かしげなる。

〈何事ならむ〉と、〈心苦し〉と見れば、十ばかりなる*男《をのこ》に、朽葉《くちば》の*狩衣《かりぎぬ》、*二藍《ふたあゐ》の指貫《さしぬき》、しどけなく着たる、*同じやうなる童に、硯《すずり》の箱よりは見劣りなる*紫檀《したん》の箱の、いとをかしげなるに、えならぬ貝ども入れて、持て寄る。見するままに、「思ひ寄らぬくまなくこそ。*承香殿《そぎやうでん》の御方などに参りて、聞こえさせつれば、これをぞ求め得て侍りつれど、侍従の君の語り侍りつるは、『大輔《たいふ》の君は、藤壺の御方《かた》より、いみじく多く*賜《たま》はりにけり。』すべて残るくまなく、い

＊紫苑色―襲の色目で、表は薄紫、裏は青ないしは濃蘇芳。あるいは表は蘇芳、裏は萌黄《もえぎ》ともいう。

＊男に、朽葉の狩衣―「男の」の誤りか。「に」は「き」の誤りで、「男、黄朽葉の狩衣」とする説もある。「朽葉」は襲の色目で、表は山吹、裏は黄。

＊狩衣―腋《わき》の下を縫いつけないで、袖口を括《くく》れるよう紐を通した活動しやすい衣服。元来は狩猟用であったが、後には六位以上の日常服となった。

＊二藍―藍と紅で染めた色。紫色に近い。

＊同じやうなる童に―「同じやうになる、わづかに」と本文を改める説もある。

＊紫檀―東インド原産の材木で、器具用として貴重だった。

＊承香殿―清涼殿の東方にある後宮の建物の一つ。

＊『賜はりにけり。』すべて残るくまなく―『賜はりにけり』とて、残るくまなく」と本文を改める説もある。

みじげなるを、いかにせさせ給はむずらむと、道のままも思ひまうで来つる」とて、顔もつと赤くなりて言ひ居《ゐ》たるに、いとど姫君も心細くなりて、「なかなかなる事を言ひ始めてけるかな。いとかくは思はざりしを、ことごとしくこそ、求め給ふなれ」とのたまふに、「などか求め給ふまじき。『上《うへ》は、内大臣殿《うちのおほいどの》の上の御もとまでぞ、請《こ》ひに奉り給ふ』とこそは言ひしか。これにつけても、母のおはせましかば、あはれ、かくは」とて涙も落しつべき気色《けしき》ども、〈をかし〉と見るほどに、このありつる童、「東《ひむがし》の御方《かた》渡らせ給ふ。それ隠させ給へ」と言へば、*塗りこめたる所に、みな取り置きつれば、つれなくて居たるに、はじめの君よりは、少し大人びてやと見ゆる人、*山吹、紅梅、薄朽葉《うすくちば》、あはひよからず、着ふくだみて、髪いとうつくしげにて、たけに少し足らぬなるべし。〈こよなくおくれたる〉と見ゆ。「*若君の持ておはしつらむは、など見えぬ。かねて求めなどはすまじとたゆめ給ふに、すかされ奉りて、よろづはつゆこ

*塗りこめたる所―塗籠（ぬりごめ）のことで、壁で四方を囲み、妻戸（つまど）から出入りするようにした、衣服や調度などを置く所。
*山吹―襲の色目で、表は薄朽葉、裏は黄。
*若君―「わが君」とする説もある。

そ求め侍らずなりにけれど*、いとくやしく、少しさりぬべからむ物は、分《わ》け取らせ給へ」など言ふさま、いみじくしたり顔なるに、にくくなりて、〈いかで、こなたを勝たせてしがな〉と、そぞろに思ひなりぬ。この君、「ここにも、ほかまでは求め侍らぬものを。我*《わ》が君は何をかは」と答《いら》へて、居たるさまうつくし。うち見回《まは》して渡りぬ。

　このありつるやうなる童、三、四人ばかり連れて、「我が母の常に読み給ひし観音経*、我が御前《まへ》負けさせ奉り給ふな」。ただこの居たる戸のもとにしも向きて、念じあへる顔をかしけれど、〈ありつる童や言ひ出でむ〉と思ひ居たるに、立ち走りてあなたに往《い》ぬ。いと細き声にて、

　かひなしと*何嘆くらむ白波《しらなみ》も君がかたには心寄せてむ

と言うたるを、さすがに耳とく聞きつけて、「今、方人《かたうど》*に。聞き給ひつや」「これは、誰《た》が言ふべきぞ」「観音の出で給ひたるなり」「う

*けれど―「けれど。」と読んで、「こそ」の結びは流れたとする説や、「と」を境に会話文を二分する説もある。

*我が君―「若君」とする説もある。

*観音経―法華経第八巻第二十五品（ほん）である観世音菩薩普門品（ふもんぼん）の別称。観音の功徳を説く。

*「かひなしと」の歌―「かひ」に「貝」と「甲斐」、「かた」に「方」と「潟」をかける。「白波」は盗賊の異名。風葉集巻十八（雑三）に「人々集（つど）ひ侍りて、貝合し侍りけるところに、負けなむずと幼き者の嘆きけるに、たれともなくていひける　貝合の蔵人少将」として入る。

*方人に―底本「かた人」。「かたへに」とする説もある。

れしのわざや。姫君の御前《まへ》に聞こえむ」と言ひて、さ言ひがてら、恐ろしくやありけむ、連れて走り入りぬ。〈ようなきことを言ひて、このわたりをや見あらはさむ〉と胸つぶれて、さすがに思ひ居《ゐ》たれど、ただいとあわたたしく、「かうかう念じつれば、仏のたまひつる」と語れば、〈いとうれし〉と思ひたる声にて、「まことかはとよ。恐ろしきまでこそ覚ゆれ」とて、つらつゑつきやみて、うち赤みたるまみ、いみじくうつくしげなり。「いかにぞ、この*組入《くみいれ》の上より、ふと物の落ちたらば」「まことの仏の御徳とこそは思はめ」など言ひあへるは、をかし。

〈とく帰りて、いかでこれを勝たせばや〉と思へど、昼は出《い》づべき方《かた》もなければ、すずろによく見暮して、夕霧に立ち隠れて、まぎれ出でてぞ、えならぬ*洲浜《すはま》の*三間《みま》ばかりなるを、うつほに作りて、いみじき小箱を据《す》ゑて、色々の貝をいみじく多く入れて、上には白《しろ》銀《かね》、黄金《こがね》の、蛤《はまぐり》、*うつせ貝などを、ひまなく蒔《ま》かせて、手はいと

*組入—細かい格子に組んで作った天井。

*洲浜—洲浜の形に似せて作った台に、木石・花鳥など、種々の景物をあしらったもので、歌会・宴席などの飾り物。

*三間—三つに区切られた洲浜、あるいは「みまがりなる」の誤りとして、洲浜の縁の湾曲が三つあるとする説もあるが、不詳。

*うつせ貝—中身の空の貝がら。巻貝のからのことをいうか。

小さくて、

　*白波《しらなみ》に心を寄せて立ち寄らばかひなきならぬ心寄せなむ

とて、ひき結びつけて、例の随身《ずいじん》に持たせて、まだ暁《あかつき》に門《かど》のわたりをたたずめば、昨日の子しも走る。うれしくて、「*かうぞ。はかり聞こえぬよ」とて、ふところよりをかしき小箱を取らせて、「誰《た》がともなくて、さし置かせて来給へよ。今日の*ありさまの見せ給へよ。さらばまたまたも」と言へば、いみじく喜びて、ただ、「ありし戸口、そこはまして、今日は人もやあらじ」とて入りぬ。洲浜、南の高欄《かうらん》に置かせてはひ入りぬ。やをら見通し給へば、ただ同じほどなる若き人ども、二十人ばかり*さうぞきて、格子あげそそくめり。この洲浜を見つけて、「あやしく、誰《た》がしたるぞ、誰がしたるぞ」と言へば、「さるべき人こそなけれ。思ひ得つ。この、昨日の仏のし給へるなめり。あはれにおはしけるかな」と喜び騒ぐさまの、いと物狂ほしければ、いとをかしくて見居《ゐ》給へりとや。

*「白波に」の歌―「かひ」に「貝」と「甲斐」をかける。

*「かうぞ。はかり聞こえぬよ」―「かうぞばかり聞こえぬよ」とする説もある。

*ありさまの見せ給へよ―「ありさまのぞかせ給へよ」の誤写とする説もある。

*さうぞきて―「そうどきて」の誤りとする説もある。

思はぬ方にとまりする少将

昔物語などにぞかやうの事は聞こゆるを、*いとありがたきまで、あはれに浅からぬ御契《ちぎ》りのほど見えし御事を、つくづくと思ひ続くれば、年の積*もりけるほども、あはれに思ひ知られけ*む。

大納言の姫君、二人ものし給ひし、まことに物語に書きつけたるありさまに劣るまじく、何事につけても生《お》ひ出《い》で給ひしに、故*大納言も母上も、うち続きかくれ給ひにしかば、いと心細き古里にながめ過ごし給ひしかど、はかばかしく御乳母《めのと》だつ人もなし。ただ常に候ふ侍従、弁などいふ若き人々のみ候へば、年に添へて人目まれにのみなりゆく古里に、いと心細くておはせしに、右大将の御子の少将、知るよしありて、いとせちに聞こえ渡り給ひしかど、かやうの筋は、かけても思し寄らぬ事にて、御返り事など思しかけざりしに、

*「いとありがたきまで」以下「なほ寝覚の御仲らひばかり浅からぬ契りながら、よに心づくしなるためしは、ありがたくもありけるかな」（夜の寝覚・巻一）の書き出しと類似する。
*積もりける—「積もりにける」と「に」を補って解する説もある。
*けむ—意味が通りにくいため、「けり」に改める説もある。
*故—不用であるため、「故」を除く説もある。

少納言の君とて、いといたう色めきたる若き人、何のたよりもなく、二所《ふたところ》おほとのごもりたる所へ、導き聞えけり。もとより御志《こころざし》ありける事にて、姫君をかき抱《いだ》きて、*御帳《みちやう》のうちへ入り給ひにけり。思しあきれたるさま、例の事なれば書かず。

おしはかり給ひにしも過ぎて、あはれに思さるれば、うち忍びつつ通ひ給ふを、父殿聞き給ひて、「人のほど、口惜《くちを》しかるべきにはあらねど、何かは、いと心細き所に」など許しなくのたまへば、思ふほどにもおはせず。君もしばしこそ忍び過ごし給ひしか、さすがに、さのみはいかがおはせむ。さるべきに思し慰めて、やうやううちなびき給へるさま、いとどらうたくあはれなり。昼などおのづから寝過ごし給ふ折、見奉り給ふに、いとあてにらうたく、うち見るより心苦しきさまし給へり。

*何事もいと心憂く、人目まれなる御住まひに、〈人の御心もいと頼みがたく、いつまで〉とのみながめられ給ふに、四、五日いぶせく

*御帳―底本「みて（すカ）」とあるが、他本により改める。

*何事もいと心憂く―底本「何事いと心うく」とあり、「も」を脱して、傍に「本ノママ」と注記してあるのにより、改める。

て積もりぬるを、〈思ひし事かな〉と心細きに、御袖ただならぬを、〈我ながら、いつ習ひけるぞ〉と思ひ知られ給ふ。

　*人心秋のしるしの悲しきにかれ行《ゆ》くほどの気色《けしき》なりけり

「*など手習《てなら》ひに馴《な》れにし心なるらむ」などやうに、うち嘆かれて、やうやう更《ふ》けゆけば、ただうたたねに御帳の前にうち臥《ふ》し給ひにけり。

少将、内裏《うち》より出で給ふとておはして、うちたたき給ふに、人々驚きて、中の君起こし奉りて、我が御方《かた》へ渡しきこえなどするに、やがて入り給ひて、大将の君のあながちに誘《いざな》ひ給ひつれば、初瀬*へ参りたりつるほどの事など語り給ふに、ありつる御手習ひのあるを見給ひて、

　*ときはなる軒のしのぶを知らずしてかれ行《ゆ》く秋の気色とや思ふ

と書き添へて見せ奉り給へば、いと恥づかしうて、御顔引き入れ給へるさま、いとらうたく子めきたり。

*「人心」の歌──「秋」に「飽き」、「かれ」に「枯れ」と「離れ」をかける。
*など──助詞「等」の意に解して、文脈を区切る説もある。
*初瀬──奈良県桜井市初瀬町にある長谷《はせ》寺。
*「ときはなる」の歌──「しのぶ」に常緑の忍ぶ草と「偲《しの》ぶ」(思慕する)、「かれ」に「枯れ」と「離れ」、「秋」に「飽き」をかける。

かやうにて明かし暮し給ふに、中の君の御乳母《めのと》なりし人はうせにしが、むすめ一人あるは、右大臣の少将*の御乳母子の左衛門《さゑもん》の尉《じよう》といふが妻《め》なり。類《たぐひ》なくおはする由《よし》を語りけるを、かの左衛門の尉、少将に「しかしかなむおはする」と語りきこえければ、按察使《あぜち》の大納言の御もとには心とどめ給はず、あくがれありき給ふ君なれば、御文などねんごろに聞こえ給ひけれど、つゆあるべき事とも思した*らぬを、姫君も聞き給ひて、「思ひのほかにあはあはしき身のありさまをだに、心憂く思ふ事にて侍れば、まことに強きよすがおはすなる人を」などのたまふもあはれなり。さるは、幾《いく》ほどのこのかみにもおはせず、姫君は二十に一つなどや余り給ふらむ。中の君は、今三つばかりや劣り給ふらむ。いと頼もしげなき御さまどもなり。

左衛門、あながちに責《せ》めければ、*太秦《うずまさ》にこもり給へる折を、いとよく告げきこえてければ、何のつつましき御さまなれば、ゆゑもなく入り給ひにけり。姉君も聞き給ひて、〈我が身こそあらめ、いか

＊少将—底本「中将」。

＊思したらぬを—底本「おほしたゝぬを」。

＊太秦—京都市右京区太秦にある広隆寺。

でこの君をだに人々しくもてなしきこえむと思へるを、さまざまにさすらふも、世の人、聞き思ふらむ事も心憂く、なきかげにも、いかに見給ふらむと、恥づかしう、契《ちぎ》り口《くち》惜《を》しう〉思さるれど、〈今は言ふかひなき事なれば、いかがはせむ〉にて見給ふ。

　これも、いとおろかならず思さるれど、按察使《あぜち》の大納言聞き給はむ所をぞ、父殿いと急にいさめ給へば、今一方《ひとかた》よりは、いと待ち遠に見え給ふ。この右大臣殿の少将は、*右大臣の北の方の御兄《せうと》にものし給へば、少将たちも、いと親しくおはする。かたみに、この忍び人も知り給へり。右大臣の少将をば権《ごん》の少将とぞ聞こゆる。按察使の大納言の御もとに、この三年ばかりおはしたりしかども、心とどめ給はず、世とともにあくがれ給ふ。この忍び給ふ事をも、大将殿におはするなど思はせ給へり。いづれも、いとをかしき御ふるまひも、あながちに制しきこえ給へば、いといたく忍びて、大将殿へ迎へ給ふ折もあるを、いとかるがるしう、つつましき心地《ここち》し給へど、

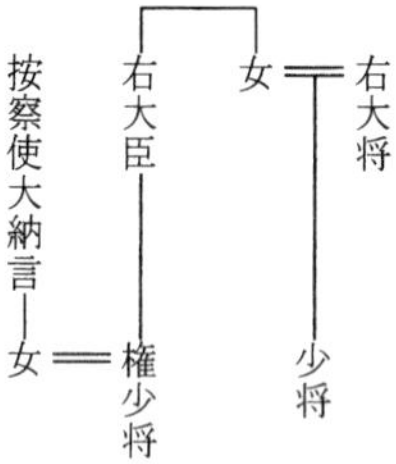

*右大臣—通説は「右大将」の誤写とする。上の「右大臣殿」を「右大将殿」かとする説もある。

「今は、のたまはむ事をたがへむも、あいなき事なり。あるまじき所へおはするにてもなし」など、さかしだち、すすめ奉る人々多かれば、我にもあらず、時々おはする折もありけり。

権の少将は、大将殿の上の御かぜの気《け》おはするにことつけて、例のとまり給へるに、いと物騒がしく、客人《まらうと》など多くおはするほどな*れど、いと忍びて御車奉り給ふに、左衛門《さゑもん》の尉《じよう》も候はねば、時々もかやうの事に、いとつきづきしき侍《さぶらひ》にささめきて、御車奉り給ふ。大将殿の上《うへ》、例ならずものし給ふほどにて、いたくまぎるれば、御文もなき由《よし》をのたまふ。夜いたく更《ふ》けてかしこにまうでて、「少将殿より」とて、「忍びて聞こえむ」と言ふに、人々みな寝にけるに、姫君の御方の侍従の君に、少将殿よりとて、御車奉り給へる由を言ひければ、ねぼけにける心地に、「いづれぞ」と尋ぬる事もなし。〈例も参る事なれば〉と思ひて、「かうかう」と君に聞こゆれば、「文などもなし。『かぜにや、例ならぬ』など言へ」とのたまへば、

*なれど―底本「あれと」。

「御使ひ、こち」と言はせて、妻戸《つまど》をあけたれば、寄り来るに、「*御文など侍らねば、いかなる事にか。また御かぜの気《け》のものし給ふとて」と言ふに、『大将殿の上、御かぜの気のむつかしくおはして、人騒がしく侍るほどなれば、この由《よし》を申せ。さきざき御使ひに参り侍る人も候はぬほどにて』など、かへすがへす仰せられつるに、むなしく帰り参りては、必ずさいなまれ侍りなむず」と言へば、参りて、しかじかと聞こえて勧《すす》め*奉れば、例の、人のままなる御心にて、薄色《うすいろ》のなよよかなるが、いとしみ深うなつかしきほどなるを、いとど心苦しげに*しませて乗り給ひぬ。侍従ぞ参りぬる。

御車寄せて、おろし奉り給ふを、いかであらぬ人とは思さむ。限りなくなつかしう、なめやかなる御けはひは、いとよく通ひ給へれば、少しも思しもわかぬほどに、やうやうあらぬと見なし給ひぬる心惑《まど》ひぞ、現《うつ》とは覚えぬや。かの、昔夢見しはじめよりも、なかなか恐ろしうあさましきに、やがてひきかづき給ひぬ。侍従こそは、

*御文など侍らねば―「御文なども」と「も」を補う説もある。

*奉れば―底本「たてまつれど」。

*しませて―意味不審なために、「心苦しげ」の下に脱文を想定したり、「めして（着て）」と改める説もある。

「いかにと侍る事にか」と、「これは、あらぬ事になむ。御車寄せ侍らむ」と泣く泣く言ふを、さばかり色なる御心には、許し給ひてむや。寄りて引き放ちきこゆべきならねば、泣く泣く几帳《きちやう》の後《うし》ろに居《ゐ》たり。男君は、ただにはあらず、いかに*思さるる事もやありけむ、いと馴《な》れうれしきに、いたく泣き沈み給ふ気色《けしき》もことわりながら、いと馴れ顔に、かねてしも思ひあへたらむ事めきて、さまざま聞こえ給ふ事もあるべし。隔てなくさへなりぬるを、女は死ぬばかりぞ心憂く思したる。かかる事は、例の、あはれも浅からぬにや、類《たぐひ》なくぞ思さるる。

あさましき事は、今一人の少将の君も、母上の御かぜよろしきさまに見え給へば、〈かしこへ〉と思せど、〈夜など、きと尋ね給ふ事もあらむに、折節《をりふし》なからむも〉と思して、御車奉り給ふ。これは、さきざきも御文なき折もあれば、何《なに》とものたまはず。例の、清季《きよすゑ》参りて、「御車」と言ふを、申し伝ふる人も、一所《ひとところ》はおはしぬれば、

＊いかに――中古の語法では、「いかに」の下に疑問の「や」が用いられない点から、「優に」の誤りとする説もある。

疑ひなく思ひてかくと申すに、これも、〈いとにはかに〉とは思せど、今少し若くおはするにや、何《なに》とも思ひいたりもなくて、人々御《おん》衣《ぞ》など着せかへ奉りつれば、我にもあらでおはしぬ。

　御車寄せに少将おはして、物などのたまふに、あらぬ御けはひなれば、弁の君、「いとあさましくなむ侍る」と申すに、君も心とく心得給ひて、日頃もいと匂ひやかに見まほしき御さまの、おのづから聞き給ふ折もありければ、〈いかで、思*ふとだにも〉など、人知れず思ひ渡り給ひける事なれば、「何か、あらずとて、うとく思すべき」とて、かき抱《いだ》きておろし給ふに、いかがはすべき。さりとて、我さへ捨て奉るべきならねば、弁の君もおりぬ。女君は、ただわななかれて、動きだにし給はず。弁いと近う、つととらへたれど、何《なに》とかは思さむ。「今は、たださるべきに思しなせ。よに人の御為悪《あ》しき心は侍らじ」とて、几帳《きちやう》押し隔て給へれば、せむ方なくて泣き居《ゐ》たり。これも、いとあはれ限りなくぞ覚え給ひける。

＊思ふとだにも――「わが魂（また）を君が心に入れかへて思ふとだにもいはせてしがな」（玉葉集・恋三・壬生忠岑（みぶのただみね））を引歌とする説もある。

各々帰り給ふ暁《あかつき》に、御歌どもあれど、例の、もらしにけり。男も女も、いづ方もただ同じ御心のうちに、あいなう胸ふたがりてぞ思さるる。さりとて、また、もとをおろかにはあらぬ御思ひどもの、珍しきにも劣らず、いづ方《かた》も限りなかりけるこそ、なかなか深きしも苦しかりけれ。「権の少将殿より」とて御文あり。起きもあがられ給はねど、人目あやしさに、弁の君広げて見せ奉る。

思はずに我が手になるる梓《あづさ》弓深き契《ちぎ》りのひけばなりけり

あはれと見入れ給ふべきにもあらねば、人目あやしくて、さりげなくて、包みて出《いだ》しつ。今一方《ひとかた》にも、「少将殿より」とてあれば、侍従の君、胸つぶれて見せ奉れば、

浅からぬ契りなればぞ涙川同じ流れに袖ぬらすらむ

とあるを、いづ方《かた》にもおろかに仰*《おほ》せられむとにや。かへすがへす、ただ同じさまなる御心のうちどものみぞ、心苦しうとぞ、本《ほん》にも侍る。劣りまさるけぢめなく、さまざま深かりける御志《こころざし》ども、果

*仰せられむとにや――「仰せられずとにや」に改める説もある。

てゆかしくこそ侍れ。なほとりどりなりける中にも、珍しきは、なほ立ちまさりやありけむに、見馴《な》れ給ふにも、年月もあはれなる方《かた》はいかが劣るべきと、本《ほん》にも、「本のまま」と見ゆ。

はなだの女御

「その頃の事」と、あまた見ゆる人まねのやうに、かたはらいたけれど、これは聞きし事なればなむ。卑《いや》しからぬ好色者《すきもの》の、至らぬ所なく、人に許されたる、〈やむごとなき所にて、物言ひ懸想《けさう》せし人は、この頃《ごろ》里にまかり出であなれば、まことかと行《い》きて気色《けしき》見む〉と思ひて、いみじく忍びて、ただ小舎人童《ことねりわらは》一人して来にけり。近き透垣《すいがい》の前栽《せんざい》に隠れて見れば、夕暮のいみじくあはれげなるに、簾《すだれ》巻き上げて、〈ただ今は見る人もあらじ〉と思ひ顔にうちとけて、みなさまざまに居《ゐ》て、よろづの物語しつつ、人の上言《うへ》ふなどもあり。はやりかにうちさざめき*たるも、また、恥づかしげにのどかなるも、あまた戯《たは》れ乱れたるも、今めかしう、をかしきほどかな。「かの前栽どもを見給へ。池*のはちすの露は玉とぞ見ゆる」と言へば、松*に

＊さざめき――中古の用例から考えて「ささめく」（ささやく意）とする説もある。
＊池のはちすの露は玉とぞ見ゆる――「はちす葉のにごりにしまぬ心もて何かは露を玉とあざむく」（古今集・夏・僧正遍照）による。
＊松――襲の色目で、表は萌黄か青、裏は紫。「まへに」とある本文によったり、直前の「言へば」を誤写として「言ふが前に」とする説もある。

濃き単《ひとへ》、紫苑色《しをんいろ》の袿《うちき》、薄色《うすいろ》の裳《も》ひきかけたるは、ある人の局《つぼね》にて見し人なめり。童の大きなる、小さきなど縁《えん》に居たる、みな見し心地《ここち》す。

「御方《かた》こそ。この花はいかが御覧ずる」と言へば、「いざ、人々にたとへきこえむ」とて、命婦《みやうぶ》の君「かのはちすの花は、まろが女院のわたりにこそ似奉りたれ」とのたまへば、大君《おほいぎみ》「下草《したくさ》の龍胆《りんだう》は、さすがなんめり。一品《いつぽん》の宮と聞こえむ」、中の君「*ぎぼうしは*だいわうの宮にもなどか」、三の君「紫苑のはなやかなれば、皇后宮《くわうごうぐう》の御さまにもがな」、四の君「*中宮は、父大臣《おとど》常に*ぎきやうを読ませつつ祈りがちなめれば、それにもなどか似させ給はざらむ」、五の君「四条の宮の女御、露草の露にうつろふとかや、明け暮れのたまはせしこそ、まことに見えしか」、六の君「*垣ほの撫子《なでしこ》は承香殿《そぎやうでん》と聞こえまし」、*七の君「*刈萱《かるかや》のなまめかしきさまにこそ、弘徽殿《こきでん》はおはしませ」、八の君「宣耀殿《せんえうでん》は菊と聞こえさせむ。宮の御覚え

*ぎぼうし—ユリ科の多年草で、夏に薄紫、紫、白などの花をつける。擬宝珠(ぎぼし)。
*だいわうの宮—大后の宮、大皇の宮の誤りか。
*中宮—底本「中君」。
*ぎきやう—「桔梗」と法華経の序説に当たる無量義経をかける。
*垣ほの撫子—「あな恋し今も見てしが山がつの垣ほに咲けるやまと撫子」（古今集・恋四・よみ人知らず）による。
*七の君—底本にはなく、仮に補う。
*刈萱—イネ科の多年草で、秋に花を開く。

なるべきなめり」、「麗景殿《れいけいでん》は花薄《すすき》と見え給ふ御さまぞかし」九の君と言へば、十の君「淑景舎《しげいさ》は＊『朝顔の昨日の花』と嘆かせ給ひしこそ、ことわりと見奉りしか」、＊五節《ごせち》の君「＊御匣殿《みくしげどの》は、野辺《のべ》の秋萩とも聞こえつべかんめり」、東《ひんがし》の御方「淑景舎の御おととの三の君、誤りたる事はなけれど、＊大ざうにぞ似させ給へる」、いとこの君ぞ「その御おととの四の君は、＊くさのかうといざ聞こえむ」、姫君「右大臣殿の中の君は、＊見れどもあかぬ女郎花《をみなへし》のけはひこそし給ひつれ」、西の御方《かた》「帥《そつ》の宮の＊御上《うへ》は、ささにや似させ給ひつる」、をば君「左大臣殿の姫君は、＊われもかうに劣らじ顔にぞおはします」など言ひおはさうずれば、尼君「＊斎院、＊五葉《ごえふ》と聞こえ侍らむ。かはらせ給はざんめればよ。＊罪を離れむとて、かかるさまにて、久しくこそなりにけれ」とのたまへば、北の方「さて、斎宮をば何《なに》とか定めきこえ給ふ」と言へば、小命婦《こみやうぶ》の君「をかしきは、みな取られ奉りぬれば、さむばれ、軒端《のきば》の＊山菅《やますげ》に聞こえむ。まことや、まろが見

＊『朝顔の昨日の花』―「朝顔のきのふの花は枯れずとも人の心をいかが頼まむ」（古今六帖・紀友則）による。

＊五節―十一月の新嘗祭（にいなめまつり）などに催された宮中の五節舞で、舞姫の役を務めた女君。

＊御匣殿―貞観殿（じょうがんでん）にある装束などを裁縫する所で、ここはその別当（長官）をさす。天皇の侍妾となり、女御に進む例もあった。

＊大ざう―朝鮮棗（なつめ）の異名だが、上文の「誤りたる事はなけれど」に照応しない。「くわざう」（萱草。忘れ草の異名）とする本もあり、それにより、「萱」に「過」（誤ち）の音をかけた洒落とする説もある。

＊くさのかう―芸香（うんこう）の異名。初夏に黄緑色の花を開く多年草。

＊見れどもあかぬ女郎花のけはひ―「日暮らしに見れどもあかぬ女郎花野辺にや今宵旅寝しなまし」（拾遺集・秋・藤原長能）による。

＊御上は、ささにや―底本「御うへは

奉る帥《そつ》の宮の上《うへ》をば、「*芭蕉葉《ばせうば》と聞こえむ」、嫁の君「*中務《なかつかさ》の宮の上をば、招く*尾花と聞こえむ」など聞こえおはさうずるほどに、日暮れぬれば、燈籠《とうろ》に火ともさせて添ひ臥《ふ》したるも、〈はなやかにめでたくおはしますものかな〉と、あはれ、しばしはめでたがりし事ぞかし。

　世の中の憂きを知らぬと思ひしに*こは日に物は嘆かしきかな

命婦の君は「はちすのわたりも、この御かたちも、この御方《かた》など、いづれまさりて思ひきこえ侍らむ。憎き枝おはせじかし。

　はちす葉の心広さの思ひにはいづれとわかず露ばかりにも」

六の君、はやりかなる声にて、「撫子《なでしこ》を*常夏《とこなつ》におはしますと言ふこそうれしけれ。

　*常夏に思ひしげしとみな人は言ふなでしこと人は知らなむ」

とのたまへば、七の君、*したり顔にも、

　*刈萱《かるかや》のなまめかしさの姿にはそのなでしこも劣るとぞ聞く

さまにや」。「御上」は「御女(むすめ)」の誤りかとする説、「御上、葉笹にや」とする説や、「御上、何さまにや」と改める説もある。

*われもかう—バラ科の多年草で、秋に暗紅色の花をつける。

*斎院—皇女または王女で、賀茂神社に奉仕したのが斎院、伊勢神宮の場合が斎宮。

*五葉—五葉の松。

*よ。罪—「よ罪」と続けて、「世の罪」とする説もある。

*山菅—ユリ科の多年草で、夏に淡紅色の花をつける。

*芭蕉葉—仏教では、風に破れやすいので、人の身のはかなさにたとえる。

*中務の宮—中務卿の宮。中務省の長官は四品以上の宮。

*尾花—薄の穂が出たのを尾花といい、その風に揺れるのを手招きに見立てる。

*こは日に—「こは火に」と燈籠をかけて解する説、「庭火に」「にはかに」の誤りとする説もある。

とのたまへば、みな人々も笑ふ。「まろが菊*の御方《かた》こそ、ともかくも人に言はれ給はね。

植ゑしよりしげり増しにし菊の花人に劣らで咲きぬべきかな」

とあれば、九の君「うらやましくも仰《おほ》*すなるかな。

秋*の野の乱れて招く花薄《すすき》思はむ方《かた》になびかざらめや」

十の君「まろが御前《まへ》こそ、あやしき事にてくらされて、など*いとはかなくて。

朝顔のとくしぼみぬる花なれど明日も咲くはと頼まるるかな」

とのたまふに、驚かれて、五の君「うち臥《ふ》したれば、はや寝入りにけり。何事のたまへるぞ。まろははなやかなる所にし候はねば、よろづ心細くも覚*ゆるを。

頼む人露草こと*に見ゆめれば消えかへりつつ嘆かるるかな」

と寝おびれたる声にてまた寝《ぬ》るを、人々笑ふ。女郎花《をみなへし》の御方《かた》「いたく暑くこそあれ」とて扇を使ふ。『いかに』*と参りなむ。恋しく

＊常夏―撫子の異名。「常夏」に「常撫づ」をかけ、天皇の承香殿の女御に対する愛がいつまでも変わらない意を示す。
＊「常夏に」の歌―「常夏」に「常撫づ」「なでしこ」に花の名と天皇の愛撫を受けた児の意をかける。
＊したり顔にも―七の君のことばとする説もある。
＊「刈萱の」の歌―「なでしこ」に花の名と天皇の愛撫を受けた児の意をかける。
＊菊―八の君の発言で、撫子も刈萱に劣ると「聞く」をかける。
＊仰すなるかな―「仰す」が伝聞・推定の「なり」に接続するのを不審として、「おはす」「思す」とする説もある。
＊「秋の野の」の歌―「秋」に「飽き」をかけ、帝寵の衰えを嘆く。
＊などいとはかなくて―ここを地の文とする説もある。
＊覚ゆるを―「覚ゆるかな」とする他本もある。
＊ことに―「如に」とする説があるが、語法的に不審なので「露草のごと」とす

こそおはしませ。

みな人もあかぬ匂ひを女郎花よそにていとど嘆かるるかな」

夜いたく更《ふ》けぬれば、みな寝入りぬるけはひを聞きつつ、

秋の野の千草《ちぐさ》の花によそへつつなど*色ごとに見る由《よし》もがな

とうちうそぶきたれば、「あやし、誰《たれ》が言ふぞ。覚えなくこそ」と言へば、「人はただ今はいかがあらむ。*鵺《ぬえ》の鳴きつるにやあらむ。忌《い》むなるものを」と言へば、はやりかなる声にて、「をかしくも言ふかな。鵺は、いかでかかくもうそぶかむ。いかにぞや。聞き給ひつや」。所々聞き知りて、うち笑ふあり。やや久しくありて、物言ひやむほど、

思ふ人見しも聞きしもあまたありておぼめく声はありと知らぬか

「この好色者《すきもの》*たたけり。あなかま」とて、物も言はねば、*簀子《すのこ》に入りぬめり。「あやし。いかなるぞ。一所《ひとところ》だに、『あはれ』とのたま

る説もある。
＊とて―「とく」と改める説もある。
＊など―文末に「もがな」とあるのを不審として、「なほ」の誤りとする説もある。
＊鵺―とらつぐみの異名で、夜陰気な声で鳴くために、古来、不吉な鳥とされた。
＊たたけり―「聞きけり」の本文を取る説もある。
＊簀子―戸の外側にめぐらした濡れ縁。
＊言へば―「いへど」に改める説もある。
＊いかにかあらむ―「いかに思ふにかあらむ」と「思ふ」を補う説もある。

はせよ」など*言へば、*いかにかあらむ、絶えて答《いら》へもせぬほどに、暁《あかつき》になりぬる空の気色《けしき》なれば、「*まめやかに、*見し人とも*思したらぬ御嘆きどもかな。見も知らぬ。古めかしうもてなし給ふものかな」とて、

百《もも》かさね濡《ぬ》れ馴《な》れにたる袖なれど今宵《こよひ》やまさりひちて帰らむ

とて、出《い》づる気色なり。〈例の、いかになまめかしうやさしき気色ならむ、答《いら》へやせまし〉と思へど、〈あぢきなし、*一所《ひとところ》に〉とぞ思ひける。

この女たちの親、いやしからぬ人なれど、いかに思ふにか、宮仕へに出《いだ》し立てて、殿ばら、宮ばら、女御たちの御もとに、一人づつ参らせたるなりけり。同じはらからとも言はせで、異人《ことひと》の子になしつつぞありける。この殿ばらの女御たちは、みないどませ給ふ御中に、同じはらからの、わかれて候ふぞあやしきや。みな思して候ふは、知らせ給はぬにやあらむ。*好色者《すきもの》は、この御ありさまども聞き、

＊まめやかに―地の文とする説もある。
＊見し人とも―「見し人々も」とする説もある。
＊思したらぬ御嘆きどもかな―「思し絶えぬ御なげきどもかな」「思したらぬ御名ごりどもかな」とする説もある。

＊一所―「ひとへ心」（こんなにたくさんの人が集まっているのに、前後をわきまえなくて）の誤写とする説もある。

＊好色者は―底本「すき物はらの」。

〈うれし〉と思ひ、至らぬ所なければ、この人どもも知らぬにしもあらず。

かの女郎花《をみなへし》の御方《かた》と言ひし人は、声ばかりを聞きし、志《こころざし》深く思ひし人なり。撫子《なでしこ》の御人《ひと》と言ひし人は、むつましくもありしを、いかなるにか、*「見つとも言ふな」と誓《ちか》はせて、またも見ずなりにし。刈萱《かるかや》の御人は、いみじく気色《けしき》だちて、物言ふ答《いら》へをのみして、からうして*とらへつべき折は、いみじくすかしはかる折の*みあれば、〈いみじく*ねたし〉と思ふなりけり。菊の御人は、言ひなどはせしかど、ことにまほにはあらで、*「誰《たれ》そまやまを」とばかりほのかに言ひて、いざり入りしけはひなむ、いみじかりし。花薄《すすき》の人は、思ふ人もまたありしかば、いみじくつつみて、ただ夢のやうなりし宿世《すくせ》のほども、あはれに覚ゆ。はちすの御人は、*いみじくし頼めて、さらばと契《ちぎ》りしに、騒がしき事のありしかば、引き放ちて入りしを、〈いみじ〉と思ひながら許してき。紫苑《しをん》の御人は、いみじく語らひ

*「見つとも言ふな」―「君が名もわが名もたてじ難波なるみつともいふな逢ひきともいはじ」（古今集・恋三・よみ人しらず）による。

*とらへつべき折は―底本「としへつへきをりは」。

*のみあれば―底本「のみ」のあと、「しろからうして年へつへきをりのみいみしうすかしはかるをりのみ」とあるが、衍文なので除外した。

*ねたし―底本「ねふたし」。

*「誰そまやまを」―「おぼつかなたれ杣山《そまやま》のほととぎす問ふに名のらで過ぎぬなるかな」（新勅撰集・夏・大炊御門《おほいのみかど》右大臣）によるとする説もあるが、引歌未詳。

*いみじくし頼めて―「思」の草体を「志」のそれを誤ったものとして「いみじく思ひ頼めて」とする説もある。

て、今にむつましかるべし。朝顔の人は、若う匂ひやかに愛敬《あいぎやう》づきて、常に遊びがたきにてはあれど、名残《なごり》なくこそ。桔梗は、常に恨むれば、「＊騒がぬ水ぞ」と言ひたりしかば、「＊澄まぬに見ゆる」と言ひし、憎からず。いづれも知らぬは少なくぞありける。

その中にも、女郎花のいみじくをかしく、ほのかなりし＊末ぞ、〈今に、いかでただよそにて語らはむ〉と思ふに、心憎く、〈今ひとたびゆかしき香《か》を、いかならむ〉と思ふも、定めたる心なくぞありくなる。＊至らぬ里人などは、いともて離れて言ふ人をば、いとをかしく言ひ語らひ、はらからと言ひ、いみじく語らへば、しばしこそあれ、〈顔かたちの、＊見るになどかくはある。物言ひたるありさまなども〉。＊この人にはかかる、いとなかり。宮仕へ人、さならぬ人のむすめなどもはかららるるあり。内裏《うち》にも参らでつれづれなるに、かの聞きし事をぞ。〈その女御の宮とて、のどかには。かの君こそかたちをかしかんなれ〉など、心に思ふ事、歌など書きつつ手習《てなら》ひに

＊「騒がぬ水ぞ」―「君が代の千歳の松の深緑さわがぬ水に影ぞ見えつつ」（新勅撰集・夏・藤原長能）による。
＊「澄まぬに見ゆる」―「世とともに雨ふる宿の庭たづみすまぬに影は見ゆるものかは」（拾遺集・雑恋・よみ人しらず）による。
＊末―「声」の誤りかとする説もある。
＊至らぬ里人などは―底本「いたらぬさとへなとは」。
＊見るに―底本「みなに」。
＊この人にはかかる、いとなかり―文意が通らないために、「この人にはかかるる人、いと多かり」「この人にはかかるる、いと多かり」の誤りとする説もある。
＊「ば」―底本になし。

したりけるを、また人の取りて書き写したれば*、あやしくもあるかな。これら作りたる*さまも覚えず、よしなき物の*さまを、虚言《そらごと》にもあらず。世の中にそら物語多かれば、まことともや思はざるらむ。これ思ふこそねたけれ。多くは、かたちしつらひなども、この人の言ひ、心かけたるなめり。誰《たれ》ならむ、この人を知らばや。殿上には、ただ今これをぞ「あやしくをかし」と言はれ給ふなる。かの女たちは、ここには親族《しぞく》多くて、かく*一人づつ参りつつ、心々に任《まか》せて逢ひて、かくをかしく、殿の事言ひでたるこそをかしけれ。それもこのわたり、いと近くぞ*あんなるも、知り給へる人あらば、*その人と書きつけ給ふべし。

*さまを―「さまかな」とする説もある。

*一人づつ―「日とりつつ」とする説もある。

*あんなるも、知り給へる人あらば―「あなる。もし、知り給へる人あらば」と「し」を補って解する説もある。

*その人と―「その人々」とする説もある。

はいずみ

下《しも》わたりに、品《しな》いやしからぬ人の、事もかなはぬ人を憎からず思ひて、年頃経《ふ》るほどに、親しき人のもとへ行《い》き通ひけるほどに、むすめを思ひかけて、みそかに通ひありきけり。珍しければにや、はじめの人よりは志《こころざし》深く覚えて、人目もつつまず通ひければ、親聞きつけて、「年頃の人を持ち給へれども、いかがはせむ」とて許して住ます。もとの人聞きて、〈今は限りなめり*。通はせてなども、よもあらせじ〉と思ひ渡る。〈行くべき所もがな。つらくなり果てぬさきに、離れなむ〉と思ふ。されど、さるべき所もなし。

今の人の親などは、押し立ちて言ふやう、「妻《め》などもなき人の、せちに言ひしにあはすべきものを、かく本意《ほい》にもあらでおはし初《そ》めてしを、口惜《くちを》しけれど、言ふかひなければ、かくてあらせ奉るを、

*なめり――底本「なめれ」。

世の人々は、『妻《め》据《す》ゑ給へる人を。思ふとさ言ふとも、家に据ゑたる人こそ、やごとなく思ふにあらめ』など言ふも安からず。げに、さる事に侍る」など言ひければ、男、「人数《ひとかず》にこそ侍らねど、志ばかりはまさる人侍らじと思ふ。かしこには渡し奉らぬを、おろかに思さば、ただ今も渡し奉らむ。いと異様《ことやう》になむ侍る」と言へば、親、「さだにあらせ給へ」と、押し立ちて言へば、男、〈あはれ、かれもいづちやらまし〉と覚えて、心のうち悲しけれども、今のがやごとなければ、〈かくなど言ひて、気色《けしき》も見む〉と思ひて、もとの人のがり往《い》ぬ。

見れば、あてにごこしき人の、日頃物を思ひければ、少し面《おも》やせて、いとあはれげなり。うち恥ぢしらひて、例のやうに物も言はでしめりたるを、心苦しう思へど、さ言ひつれば言ふやう、「志ばかりは変らねど、親にも知らせで、かやうにまかり初めてしかば、いとほしさに通ひ侍るを、つらしと思すらむかしと思へば、何《なに》とせしわざぞと、今なむ*悔《くや》しければ。今もえかき絶ゆまじくなむ。かしこに『*土犯すべきを、ここに渡せ』となむ言ふを、いかが思す。ほかへや往《い》なむと思す。何かは苦しからむ、かくながら端《はし》つ方《かた》におはせよかし。*忍びてたちまちに、いづちかはおはせむ」など言へば、女、〈ここに迎へむとて言ふなめり。これは親などあれば、ここに住まずともありなむかし。年頃行《ゆ》く方《かた》もなしと見る見るかく言ふよ〉と、〈心憂し〉と思へど、つれなく答《いら》ふ。「さるべき事にこそ。はや渡し給へ。いづちもいづちも往なむ。今までかくてつれなく、憂き世を知らぬ気色《けしき》こそ」と言ふ。いとほしきを、男、「などかう*のたまふらむや。そにてはあらず、ただしばしの事なり。帰りなばまた迎へ奉らむ」と言ひ置きて出でぬる後《のち》、女、使ふ者とさし向かひて、泣き暮す。「心憂き物は世なりけり。いかにせまし。押し立ちて来むには、いとかすかにて出《い》で見えむも、いと見苦し。いみじげにあやしうこそはあらめ、かの*大原のいまこが家へ行かむ。かれよりほかに

*悔しければ―読点にして、「くやしけれど」の誤りかとする考えもある。

*土犯すべきを―底本「つちをらすへきを」。「土犯す」とは、陰陽道で、土地に土公(つちぎみ)が居り、季節によって居場所を変える点から、それが居る方角を工事する場合には、方違えをし、別の方角の家に仮住まいをした。

*忍びて―「忍びて。」で切り、「忍びておはせよかし」の意味にとる説もある。

*のたまふらむや。そにてはあらず―一般には「のたまふらむ。やがてにはあらず」と改める。

*大原―京都市左京区にある地名。歌枕としても有名。

知りたる人なし」。かく言ふは、もと使ふ人なるべし。「それは、片《かた》時《とき》おはしますべくも侍らざりしかども、さるべき所の出で来むまでは、まづおはせ」など語らひて、家のうち清げに掃《は》かせなどする*心《ここ》地《ち》もいと悲しければ、泣く泣く恥づかしげなる物焼かせなどする。今の人、明日《あす》なむ渡さむとすれば、この男に知らすべくもあらず。〈車なども誰《たれ》にか借らむ。送れとこそ言はめ〉と、思ふもをこがましけれど、言ひやる。「今宵《こよひ》なむ物へ渡らむと思ふに、車しばし」となむ言ひやりたれば、男、〈あはれ、いづちとか思ふらむ。行かむさまをだに見む〉と思ひて、今ここへ忍びて来ぬ。女、待つとて端に居《ゐ》たり。月の明きに泣く事限りなし。

　*我が身かくかけ離れむと思ひきや月だに宿をすみはつる世に

と言ひて泣くほどに来れば、さりげなくて、うちそばむきて居たり。

「車は*牛たがひて。馬なむ侍る」と言へば、「ただ近き所なれば、車は所せし。さらば、その馬にても。夜の更《ふ》けぬさきに」と急げば、

*する心地も――「する」で句読点にする説もある。

*「我が身かく」の歌――「すみ」に「澄み」と「住み」をかける。

*牛たがひて――「貸したがひて」とする説もある。

〈いとあはれと思へど、かしこには、みなあしたにと思ひためれば、逃《のが》るべうもなければ、心苦しう〉思ひ思ひ、馬引き出《いだ》させて簀子《すのこ》に寄せたれば、乗らむとて立ち出でたるを見れば、月いと明《あか》きかげに、ありさまいとささやかにて、髪はつややかにていとうつくしげにて、たけばかりなり。男、手づから乗せて、ここかしこひきつくろふに、いみじく心憂けれど、念じて物も言はず。馬に乗りたる姿、頭《かしら》つきいみじくをかしげなるを、〈あはれ〉と思ひて、「送りに我も参らむ」と言ふ。「ただここもとなる所なれば、あへなむ。馬はただ今返し奉らむ。そのほどはここにおはせ。見苦しき所なれば、人に見すべき所にも侍らず」と言へば、〈さもあらむ〉と思ひて、とまりて、尻《しり》うちかけて居《ゐ》たり。

この人は、供に人多くはなくて*、昔より見馴《な》れたる小舎人童《ことねりわらは》一人を具して往《い》ぬ。男の見つるほどこそ隠して念じつれ、門《かど》引き出《い》づるよりいみじく泣きて行《ゆ》くに、この童いみじくあはれに思ひて、こ

*なくて——底本「なとて」。「などて。」として下に「あらむ」を補って解する説もある。

の使ふ女をしるべにて、はるばるとさして行《ゆ》けば、『ただここもと』と仰《おほ》せられて、人も具せさせ給はで、かく遠くはいかに」と言ふ。*山里に人もありかねば、いと心細く思ひて泣き行《ゆ》くを、男もあばれたる家にただ一人ながめて、いとをかしげなりつる*女ざまの、いと恋しく覚ゆれば、人やりならず、〈いかに*思ひ出づらむ〉と思ひ居たるに、やや久しくなりゆけば、簀子《すのこ》に足しもにさしおろしながら寄り臥《ふ》したり。

この女は、いまだ夜中ならぬさきに行《い》き着きぬ。見れば、いと小さき家なり。この童、「いかに、かかる所にはおはしまさむずる」と言ひて、〈いと心苦し〉と見居たり。女は、「はや、馬率《ゐ》て参りね。待ち給ふらむ」と言へば、『いづこにかとまらせ*給ひぬ』など仰《おほ》せ候はば、いかが申さむずる」と言へば、泣く泣く、「かやうに申せ」とて、

　*いづこにか送りはせしと人問はば心はゆかぬ涙川まで

*山里に―「山里にて」と「て」を補って解する説もある。
*女ざま―「女のさま」と「の」を補う説もある。
*思ひ出づらむ―底本は「思ひゐて」の「て」を消して「つ」とする。「思ひ行くらん」の本文を取る説もある。
*給ひぬなど―底本「給ぬなと」。上に「いづくにか」の「か」(疑問)の結びと呼応させて「給ひぬる」と改める説もある。
*「いづこにか」の歌―風葉集巻十三(恋三)に「男の、こと女迎へむとしけるを見て、山里なる所へまかりけるに、送りの者の、いづくにとまりぬるとかいふべきといひければ　よみ人しらずはいずみ」として入り、初句「いづくにか」、四句「心もゆかぬ」となっている。なお、この歌は伊勢物語塗籠(ぬりごめ)本、真名本系統の四十段に「いづこまで送りはしつと人問はば飽かぬ別れの涙川まで」として所収されている。「はいずみ」が伊勢物語からこの歌を引いたのか、逆に伊勢

と言ふを聞きて、童も泣く泣く馬にうち乗りて、ほどもなく来着きぬ。男、うち驚きて見れば、月もやうやう山の端《は》近くなりにたり。〈あやしく遅く帰るものかな。遠き所へ行きけるにこそ〉と思ふも、いとあはれなれば、

住み馴《な》れし宿を見捨てて行く月のかげにおほせ*て恋ふるわざかな

と言ふにぞ、童帰りたる。「いとあやし。など遅くは帰りつるぞ。いづくなりつる所ぞ」と問へば、ありつる歌を語るに、男もいと悲しくて、うち泣かれぬ。〈ここにて泣かざりつるは、つれなしを作りけるにこそ〉と、あはれなれば、〈行《い》きて迎へ返してむ〉と思ひて、童に言ふやう、「さまでゆゆしき所へ行《い》くらむとこそ思はざりつれ。いと、さる所にては、身もいたづらになりなむ。なほ迎へ返してむとこそ思へ」と言へば、「道すがら、をやみなくなむ泣かせ給へる」と、「あたら御さまを」と言へば、男「明けぬさきに」と

物語がこれにより増補したのか、あるいは両者に共通する古歌を各々引いたのか、定かではない。

*おほせて―底本「をとせて」。

て、この童、供にて、いととく行《い》き着きぬ。

げにいと小さくあばれたる家なり。見るより悲しくて、打ちたたけば、この女は来着きにしより、更に泣き臥《ふ》したるほどにて、「誰《た》そ」と問はすれば、この男の声にて、

涙川*そことも知らずつらき瀬を行きかへりつつながれ来にけり

と言ふを、女、〈いと思はずに似たる声かな〉とまで*、あさましう覚ゆ。「開《あ》けよ」と言へば、いと覚えなけれど開けて入れたれば、臥したる所に寄り来て、泣く泣くおこたりを言へど、答《いら》へをだにせで、泣く事限りなし。「更に聞こえやるべくもなし。いとかかる所とは思はでこそ、出《いだ》し奉りつれ。かへりては、御心のいとつらくあさましきなり。よろづはのどかに聞こえむ。夜の明けぬさきに」とて、かき抱《いだ》きて馬にうち乗せて往《い》ぬ。女、いとあさましく、〈いかに思ひなりぬるにか〉と、あきれて行《い》き着きぬ。おろして、二人臥《ふ》しぬ。よろづに言ひ慰めて、「今よりは、更にかしこへまからじ。

＊「涙川」の歌──「そこ」に「其処」と「底」、「ながれ」に「流れ」と「泣かれ」をかける。
＊まで──「さへ」「さて」に改める説もある。

かく思しける」とてまたなく思ひて、家に渡さむとせし人には、「ここなる人のわづらひければ、折悪《あ》しかるべし。あやしかるべし。このほどを過ごして迎へ奉らむ」と言ひやりて、ただここにのみありければ、父母思ひ嘆く。この女は〈夢のやうにうれし〉と思ひけり。

この男、いとひききりなりける心にて、〈あからさまに〉とて、今の人のもとに、昼間に入り来るを見て、女*、「にはかに殿おはすや」と言へば、うちとけて居《ゐ》たりけるほどに心騒ぎて、「いづら、いづこにぞ」と言ひて、櫛《くし》の箱を取り寄せて、白き物をつくると思ひたれば、取り違《たが》へて、掃墨《はいずみ》入りたる畳紙《たたうがみ》を取り出《い》でて、鏡も見ずうちさうぞきて、女は『そこにてしばし。な入り給ひそ』と言へ」とて、是非も知らず、きしつくるほどに、男、「いととくも疎《うと》み給ふかな」とて、簾《すだれ》をかきあげて入りぬれば、畳紙を隠して、おろおろにならして、うち口おほひて、〈*夕まぐれにしたてたり〉と思ひて、まだらに指形《おひがた》につけて、目のきろきろとして、またた

＊女―「女に」と「に」を補う説もある。

＊夕まぐれ―「優まくれ」（優雅に）とする説や、「気まぐれ」に本文を改める説がある。

き居たり。男、見るにあさましう、珍らかに思ひて、〈いかにせむ〉と恐ろしければ、近くも寄らで、「よし、今しばしありて参らむ」とて、しばし見るもむくつけければ、往《い》ぬ。

女の父母、かく来たりと聞きて来たるに、「はや出で給ひぬ」と言へば、いとあさましく、「名残《なごり》なき御心かな」とて、姫君の顔を見れば、いとむくつけくなりぬ。おびえて、父母も倒《たふ》れ臥《ふ》しぬ。むすめ、「など、かくはのたまふぞ」と言へば、「その御顔は、いかになり給ふぞ」ともえ言ひやらず。「あやしく、などかくは言ふぞ」とて鏡を見るままに、かかれば、我もおびえて、鏡を投げ捨てて、「いかになりたるぞや、いかになりたるぞや」とて泣けば、家のうちの人もゆすりみちて*、「これをば思ひ疎《うと》み給ひぬべき事をのみ、かしこにはし侍るなるに、おはしたれば、御顔のかくなりにたる」とて、陰陽師《おんみやうじ》*呼び騒ぐほどに、涙の落ちかかりたる所の、例の肌《はだ》になりたるを見て、乳母《めのと》、紙押しもみて拭《のご》へば、例の肌になりたり。

＊ゆすりみちて―底本「ゆすりみて」。

＊陰陽師―中務省の陰陽寮に属して、天変・占いなどをつかさどる職。

かかりけるものを、「いたづらになり給へる」とて騒ぎけるこそ、かへすがへすをかしけれ。

よしなしごと

人のかしづくむすめを、ゆるだつ僧、忍びて語らひけるほどに、年の果てに、山寺にこもるとて、「旅の具に、筵《むしろ》、畳《たたみ》、盥《たらひ》、*はんざふ貸せ」と言ひたりければ、女、長筵《ながむしろ》、何やかや一つやりたりける。それを、女の師にしける僧の聞きて、〈我も物借りにやらむ〉とて、書きてありける文のことばのをかしさに、書き写して侍るなり。*似つかず、あさましき事なり。

唐土《もろこし》、*新羅《しらぎ》に住む人、さては常世《とこよ》の国にある人、我が国には山賤《やまがつ》、*しなつくの恋麿《こひまろ》などや、かかることばは聞こゆべき。*それだにも、*簾《すだれ》編みの翁は、*かしたいしのむすめに名立ち、いやしき中にも心の生《お》ひさきはんべりけるになむ。それにも劣りたりける心かなとは思すとも、わりなき事の侍りてなむ。

*はんざふ—盥などに水を注ぐ器。
*似つかず—一本「よつかす」。
*新羅—朝鮮にあった古い国名の一つだが、半島全体をもさした。
*しなつく—「潮(ほし)づく」「塩筒(しほつつ)」「みやつこ」の誤写とする説もある。
*それだにも—「それらだにも」と改める説もある。
*簾編みの翁—竹取の翁の類か、不詳。
*かしたいし—「角大師」(良源)、「要夷(い)太子」(出家前の釈迦の子、羅睺羅(らごら))、皇太子などとする説があるが、不詳。

世の中の心細く悲しうて、見る人聞く人は、朝《あした》の霜と消え、夕べの雲とまがひて、いとあはれなる事がちにて、「＊あるは少なく、なきは数添ふ世の中」と見え侍れば、「＊わが世や近く」と、ながめ暮すも、心地《ここち》尽くし砕《くだ》く事がちにて、なほ世こそ、稲光《びか》りよりもほどなく、風の前の火より消えやすき物なれとも、うら悲しく＊思ひ続けられ侍れば、「＊吉野の山のあなたに家もがな、世の憂き時の隠れ家《が》に」と、際高《きはたか》く思ひ立ちて侍るを、いづこにこもり侍らまし。

富士の嶽《たけ》と浅間《あさま》の峰とのはさまならずは、＊かまど山と＊日の御碕《みさき》との絶え間にまれ、さらずは＊白山《しらやま》と＊立山《たちやま》とのいきあひの谷にまれ、また＊愛宕《あたご》と比叡《ひえ》の山との中あひにもあれ、人のたはやすく通ふまじからむ所に、跡を絶えてこもり居《ゐ》なむと思ひ侍るなり。この国はなほ近し。唐土《もろこし》の＊五台山《ごだいさん》、新羅の峰にまれ、それもなほけ近《ちか》し。＊天竺《てんぢく》の山、＊鶏の峰の岩屋にまれ、こもり侍らむ。それもなほ土近し。雲の上に響きのぼりて、月日の中にまじり、かすみの中に飛び住まばや

＊「あるは少なく、なきは数添ふ世の中」―「あるはなくなきは数添ふ世の中にあはれいつまであらむとすらむ」（栄花物語・見果てぬ夢・小大君《こだいのきみ》）による。

＊「わが世や近く」―一般に、「そむくべきわが世や近くなりぬらむ心にかかる峰の白雲」（続古今集・雑下・藤原知家）によると考えて、この歌を所収する洞院摂政家の百首歌の成立上限の寛喜二年（一二三〇）以降をこの作品の成立とみる。

＊思ひ続けられ―「思ひつけられ」とする説もある。

＊「吉野の山のあなたに家もがな、世の憂き時の隠れ家に」―「み吉野の山のあなたに宿もがな世のうき時のかくれがにせむ」（古今集・雑下・よみ人しらず）による。

＊かまど山―筑前国（福岡県）筑紫郡にある宝満山か。阿波国、紀伊国の山とも言われているが、不詳。

＊日の御碕―出雲国（島根県）簸川《ひかわ》郡日御碕か。紀伊国、肥前国など諸説が

と思ひ立ちて、この頃《ごろ》出《い》で立ち侍るを、いづちまかれども、身を捨てぬものなれば、いるべき物ども多く侍る。誰《たれ》にかは聞こえさせむ。年頃も御覧じて久しくなりぬ。情《なさけ》ある御心とは聞き渡りて侍れば、かかる折だに聞こえむとてなむ。旅の具にしつべき物どもやはんべる。貸させ給へ。

まず、いるべき物どもよな。雲の上に響きのぼらむ料《れう》に天《あま》の羽衣*一つ、いと料に侍る。求めて給へ。それならでは、ただの袙《あこめ》、衾《ふすま》、*せめては、ならはぬ野の破《や》れ襖《あを》にても。または、十余間《よけん》の檜皮屋《ひはだや》一つ。廊、寝殿、*大炊殿《おほひどの》、車宿《くるまやどり》もよう侍れど、遠きほどは所せかるべし。ただ腰に結《ゆ》ひつけてまかるばかりの料に、屋形《やかた》一つ。

畳などや侍る。*錦端《にしきはし》、*高麗端《こうらいはし》、*繧繝《うげん》、紫端《むらさきはし》の畳。それ侍らずは、布縁《ぬのべり》さしたらむやれ畳にてまれ、貸し給へ。*玉江《たまえ》に刈る真菰《まこも》にまれ、逢ふ事*交野《かたの》の原にある菅菰《すがごも》にまれ、ただあらむを貸し給へ。*十布《とふ》の菅菰な賜《たま》ひそ。筵《むしろ》は、荒磯海《ありそうみ》の浦に*うつなる出雲筵《いづもむしろ》にまれ、

あり、不詳。
*白山—加賀、越前、飛騨の三国にまたがる山。白山観音として有名。
*立山—越中国（富山県）にある山。
*愛宕—山城国（京都府）葛野郡にある山。
*五台山—中国山西省代州五台県の東北にある中国仏教三大霊場の一つ。華厳宗の本山。
*天竺—インドの古称。
*鶏の峰—鶏足山。迦葉尊者（かしょうそんじゃ）の入定（にゅうじょう）した地。
*一つ、いと料に侍る—「一つ糸、綾に侍る」とし、実在せぬ一つ糸の綾織りというおもしろさと考える説もある。
*せめては、ならはぬ野の破れ襖にても—「せめてならば、布の破れ襖にても」「せめて、なくは、布の破れ襖にても」と改める説もある。
*大炊殿—食物の調理所。
*錦端—畳のへりが錦のもの。
*高麗端—白地に雲や菊などの模様を黒く織り出した綾の畳のへり。

＊生《いき》の松原のほとりに出で来なる筑紫《つくし》筵にまれ、＊みなをが浦に刈るなるみつふさ筵にまれ、そこにいる入江に刈るなるたなみ筵にまれ、七条の縄筵にまれ、侍らむを貸させ給へ。またきなくは、やれ筵にても貸させ給へ。

屏風もよう侍り。唐絵《からゑ》、大和絵、布屏風《ぬのびやうぶ》にても、唐土《もろこし》の黄金《こがね》を縁《へり》にみがきたるにもあれ、新羅《しらぎ》の玉を釘《くぎ》に打ちたるにまれ、これらなくは、網代《あじろ》屏風の破《や》れたるにも貸し給へ。盥《たらひ》や侍る。丸《まろ》盥にまれ、＊うち盥にもあれ、貸し給へ。それなくは、欠け盥にまれ、貸し給へ。

真土《まつち》が原に作るなるけぶりが崎に鋳《い》るなる能登《のと》＊かなへにても、讃岐《さぬき》釜にもあれ、石上《いそのかみ》にあなる大和《やまと》鍋にてもあれ、＊筑摩《つくま》の祭に重ぬる近江《あふみ》鍋にてもあれ、楠葉《くずは》の御牧《みまき》に作るなる河内《かうち》鍋にまれ、＊いちかどに打つなる＊さがりにまれ、とむ、＊片岡に鋳るなる鉄《かな》鍋にもあれ、飴《あめ》鍋にもあれ、貸し給へ。

＊邑久《おほく》に作るなる火桶《ひをけ》、＊折敷《をしき》もいるべし。＊信楽《しがらき》の大笠、あめの下の

＊縲綱—赤地に色糸で花形・菱形などを縦筋に織り出した畳のへり。
＊玉江—摂津(せっつ)国（大阪府）三島郡淀川西岸にある菰の名産地。歌枕としても有名。
＊交野—「逢ふ事難き」に「交野」をかける。「交野」は河内(かわち)国（大阪府）交野郡にある地名。
＊十布の菅菰—編み目が十筋の大判の菅菰。
＊うつなる—底本「うつるなる」。
＊生の松原—筑前国早良(さわら)郡にあり、歌枕として有名。
＊みなをが浦—「みなを」の誤写で上総国（千葉県）周准郡三直郷か。「みなと」の誤写で同君津町湊町か。
＊うち盥—金属製の盥。
＊かなへ—釜。
＊筑摩の祭—近江国（滋賀県）坂田郡筑摩明神の鍋祭で、関係した男の数だけ鍋をかぶったという。伊勢物語一二〇段に「近江なる筑摩の祭とくせなむつれなき人の鍋の数みむ」の歌がある。

つがり蓑《みの》もたいせちなり。いよ手箱、筑紫皮籠《かはご》もほしく侍り。せめては浦島の子が皮籠にもまれ、そでの皮袋にまれ、貸し給へ。

わびしき事なれど、露の命絶えぬ限りは、食《く》ひ物もよう侍り。めうこくかみしの信濃梨《しなの》、いかるが山の枝栗、三方《みかた》の郡《こほり》の若狭椎《わかさしい》、天《あま》の橋立《はしだて》の丹後和布《たごめ》、出雲の浦の甘海苔《あまのり》、みの橋の賀茂糫《まがり》、若江《わかえ》の郡《こほり》のうちかぶと、野洲《やす》、栗本《くろもと》の近江餅《もちゐ》、こまつ、かもとの伊賀乾瓜《ほしうり》、かけたかねの松の実《み》、みちくのしまのうべあけび、こ山の柑子《かうじ》橘《たちばな》。これら侍らずは、やもめのわたりのいり豆などやうの物、賜《たま》はせよ。

いでや、いるべき物どもいと多く侍り。せめては、ただ足鍋一つ、長筵ひとつら、盥一つなむいるべき。もし、これら貸し給はば、心ならむ。人にな賜ひそ。ここに使ふ童、大空のかげろふ、海の水の泡《あわ》、といふ二人の童べに賜へ。

出《い》で立つ所は、科戸《しなど》の原の上《かみ》の方《かた》に、天の川のほとり近く、鵲《かささぎ》

＊いちかど―京都七条猪熊《いのくま》の市門とも近江国蒲生《がもう》郡市原ともいう。
＊さがり―釣下げ用の大口釜か。
＊片岡―大和国北葛城《かつらぎ》郡。
＊折敷―片木で作った角盆。
＊邑久―備前国（岡山県）邑久郡。
＊信楽―近江国甲賀郡。
＊つがり蓑―背腰の部分がつながった蓑。
＊いよ手箱―伊予産の手箱（新猿楽記）。
＊いかるが山―丹波国（京都府）何鹿《いかるが》郡にある山。
＊糫―もち米粉をこね、環形にし、油であげた菓子。
＊若江―底本「我身」。
＊うちかぶと―一本「かふちかふと」。
＊かもと―「かぶと」と改める説もある。
＊柑子―みかんの一種。
＊ひとつら―底本「一ら」。「長筵一つ、面《らつ》盥一つ」とする説もある。
＊心ならむ―「すずろならむ人（いいかげんな人）」とする説もある。
＊大空のかげろふ、海の水の泡、といふ

の橋づめに侍り。そこに必ず送らせ給へ。これら侍らずは、えまかりのぼるまじきなめり。世の中にもののあはれ知り給ふらむ人は、これらを求めて給へ。なほ、世を憂しと思ひ入りたるを、諸心《もろごころ》にいそがし給へ。かかる文など、人に見せさせ給ひそ。ふくつけたりけるものかなと、見る人もぞ侍る。御返りは裏によ。ゆめゆめ。

つれづれに侍るままに、よしなし事ども書きつくるなり。聞く事のありしに、いかにいかにぞや覚《おぼ》えしかば、風の音《おと》、鳥のさへづり、虫の音《ね》、波うち寄せし声に、ただ添へ侍りしぞ。

二人—底本「おほそうのかけろ二うみのれのあらそいふ二人」。不詳。
＊科戸の原—風神の級長辺命（しなとべのみこと）がいて風を吹きおこす原。
＊鵲の橋—七夕に牽牛と織女とが逢う時に天の川に鵲が翼を並べて渡すという橋。

（断簡）

冬ごもる空の気色《けしき》に、しぐるるたびにかき曇る袖の晴れ間は、秋よりことに乾くまなきに、むら雲晴れ行《ゆ》く月のことに光さやけきは、木の葉隠れだになければにや。* なほは忍ばれぬなるべし、あくがれ出で給ひて、〈あるまじき事〉と思ひかへせば、〈ほかざまに〉と思ひ立たせ給ふが、なほえ引き過ぎぬなるべし。いと忍びやかに入りて、あまた人のけはひする方《かた》に、うちとけ居《ゐ》たらむ気色《けしき》もゆかしく、さりとも、みづからのありさまばかりこそあらめ、何ばかりのもてなしにもあらじを、大方《おほかた》のけはひにつけても。

＊木の葉隠れだになければにや――「今よりは木の葉がくれもなけれども時雨にのこるむら雲の月」（千五百番歌合・源具親（ともちか））により、この断簡の成立を歌合成立の建仁元年（一二〇一）以後とする考えがある。

解説

一

短編物語とは何か？　『堤中納言物語』の場合には必ず持ち出される命題である。通常、作り物語と称される作品では、

○今は昔、たけとりの翁といふものありけり。野山にまじりて竹をとりつつ、よろづのことにつかひけり。名をばさぬきのみやつことなむいひける。　（『竹取物語』）

○昔、式部大輔、左大弁かけて、清原の大君、皇女腹に男子一人持たり。　（『うつほ物語』俊蔭巻）

○昔、藤原の君と聞こゆる、一世の源氏おはしましけり。童より名高くて、かほかたち心だましひ身の才人にすぐれ、学問に心入れて遊びの道にも入り立ち給へり。　（同・藤原の君巻）

○今は昔、中納言なる人の、女あまた持たまへるおはしき。大君、中の君には婿どりして、西の対、東の対に、はなばなとして住ませたてまつりたまふに、「三四の君、裳着せたてまつりたまはむ」とて、かしづきそしたまふ。　（『落窪物語』）

のように、冒頭部において、主人公ないし副主人公の紹介、両親の家系などの説明がなされ、『竹取物語』のかぐや姫を例にとると、月の世界で犯した罪により地上に流され、罪のつぐないが終わった時点で昇天するわけだが、その昇天は地上における死を意味するのであって、主人公の出生から死に至る一代記の体裁をとっている。一般的にいえば、これは長編物語のありようを物語っているわけだが、短編物語の特色としては、そのような体裁をとらないのが普通で、いきなり話筋から始まり、主人公のある一時期のことだけが語られており、内容的には「をかし」の傾向を帯びていることが多い。それは『源氏物語』や『狭衣物語』以下の平安後期物語の傾向が「あはれ」の要素が強いのに対する反定立《アンチテーゼ》とも考えられるが、これは『源氏物語』からの脱却を図ろうとする意図があったのではなかろうか。と同時に後期物語に対しても独自の立場を打ち出そうとしたのではあるまいか。

二

『堤中納言物語』に納められた十編のうち、「六条斎院禖子《ばいし》内親王家物語歌合」に「逢坂越えぬ権中納言　小式部」として「君が代の長きためしにあやめ草千尋《ちひろ》にあまる根をぞひきつる」の歌が収められているところから、この作品は天喜三（一〇五五）年五月三日庚申の夜に提出されたことが判明しており、それが成立年代と作者を確定できる唯一のものである。それ以外の作品に関しては、不明としか言いようがないが、文永八（一二七二）年に成立した物語歌集『風葉和歌集』には前述の「逢坂越えぬ権中納言」以外に、「花桜折る少将」「ほどほどの懸想」「貝合」「はいずみ」の五作品の歌が各々一首収められている点から、成立年代の下限が示されていると考えられる。いずれにせよ、鎌倉時代初期の間までには成立したであろうと推測されているにとどまっている。

題名の『堤中納言物語』の由来は、堤中納言藤原兼輔に関わらせる説や、十編を一括して包んだ「つつみ」が「堤」となって題名へと発展したとする説など、諸説紛々としているように、題名に関しても不明と言わざるをえない。

三

『堤中納言物語』は一般的に短編を集めたものと考えられているが、例えば「花桜折る少将」の題名に関していえば、少将なる人物は物語中に登場しないために、中将の誤りではないかとされているのに対して、この題名は中将と呼ばれる主人公の少将時代の物語につけられたものであって、現存の作品は、その一部であり、主人公の中将時代のエピソードを抄出したものだとする説がある。とすれば、元来この作品は短編ではなかったということになるわけだが、前述の五編の作品の『風葉和歌集』所収歌が各々一首入集されている点からすれば、やはり「花桜折る少将」は通説のように短編であったのであろうと推測される。

四

次に十編の物語の特徴を述べる。

①「花桜折る少将」

夜中、月の明るさにだまされて急いで飛び起きた女の家からの帰途、桜のもとの月明かりで美女を垣間見た中将は、入内が噂されているその美女を略奪しようとしたが、手に入れたのは美しい老尼君であったという逆転による「をこ」の結末を描く。

②「このついで」

宰相中将が兄弟の女御のもとに持参した薫物が契機となって、薫物→火取→籠→子による話をはじめとして、三人の女房が悲恋や出家にまつわる話を巡り物語形式で語っていく。

③「虫めづる姫君」

王朝風な美から逸脱し、女性であることを拒否して毛虫を愛好している姫君に、貴公子がにせ物の蛇を贈って挑発するが、反応が見られなかったために、女装して垣間見をしたところ、貴公子は姫君に清新な魅力を感じる。その姫君の言動には世間の常識への諷刺が語られている。

④「ほどほどの懸想」
葵祭りを契機に始まった三組の身分に応じた恋の諸相を語る。

⑤「逢坂越えぬ権中納言」
根合で勝利を収めた主人公が姫君との寝合において失敗したところに、読者の予想を裏切るという逆転の方法が用いられている。

⑥「貝合」
継子譚を背景にしており、垣間見した蔵人少将が継子である姫君に肩入れして援助する話であるが、貝合そのものではなく、貝合が行われる準備段階が語られている。垣間見から恋物語へ至る物語の型が用いられながら、この作品においても読者の予想を裏切るという逆転の方法が用いられている。

⑦「思はぬ方にとまりする少将」
侍女の勘違いによって、姉妹の姫君と各々の夫との交換が生じるわけだが、その根底には「少将」「権少将」という名前の紛らわしさがあり、それは「花桜折る少将」における「季光《すゑみつ》」「光季」のありようとも通底している。

⑧「はなだの女御」

二十一人の女房が里下りをし、各々仕えている女院以下の主人を花や木で喩えて、歌を詠んでいるのを、ある好色者《すきもの》が垣間見る。前栽合の影響を受けていると考えられ、物尽くしの趣向を帯びていて、羅列主義の感が強い。

⑨「はいずみ」
『伊勢物語』第二三段や『大和物語』第一四九段で語られている二人妻伝承を踏まえて、前妻との仲の復活（歌徳説話）と後妻に対する平中墨塗説話を利用した「をこ」による離れが対比的に語られており、歌物語の系譜上に位置付けることができよう。

⑩「よしなしごと」
書簡体の物語で往来物の影響を受けていると考えられ、師の僧が弟子の僧と密通している女に対して、出家するのに必要な物を乞うという体裁で、物品を羅列している。

五

以上のように、各々異なった内容の物語でありながら、作品間において意外にも脈絡のある様相を呈している。

①「月にはかられて、夜深く起きにけるも」で始まる「花桜折る少将」と「昔物語などにぞ、かや

うのことは聞こゆるを、いとありがたきまで、あはれに浅からぬ御契りのほど見えし御事を、つくづくと思ひつづくれば」で始まる「思はぬ方にとまりする少将」とは冒頭部に結末が暗示されている。

②「花桜折る少将」「逢坂越えぬ権中納言」「貝合」に見られるように、読者の予想を裏切るという逆転の方法が用いられている。

③「をこ」的要素を含むものとして、「花桜折る少将」と「はいずみ」がある。

④「虫めづる姫君」「よしなしごと」には隠微な形で性的な色彩が内在している。

⑤「逢坂越えぬ権中納言」における根合、「貝合」、「はなだの女御」で指摘されている前栽合の影響に見られるように、〈合《あわせ》〉の要素が大きく関わっている。

⑥「はなだの女御」「よしなしごと」では人物や歌、品名が羅列的に語られており、それはいわば『源氏物語』の省略主義に対する反定立であると同時に、『新猿楽記』の影響が考えられる。

などといった現象を指摘することができるわけだが、いずれにせよ、特異な作品の集合体を平安後期物語の中でどのように位置付けるべきなのか、あるいはそれらを個々独立したものとして扱うべきなのか、その場合なぜ集合された状態で存在しているのかといった問題や、平安後期の散逸した短編物語とどのように関わるのかといった問題とも合わせて考えていく必要があろう。

参考文献

◆戦後の主要な注釈書・研究書

寺本直彦　日本古典文学大系『落窪物語・堤中納言物語』　岩波書店　昭和三二年
山岸徳平『堤中納言全註解』　有精堂　昭和三七年
三谷栄一・今井源衛編　鑑賞日本古典文学『堤中納言物語・とりかへばや物語』（抄出）　角川書店　昭和五一年
池田利夫　旺文社文庫『現代語訳対照　堤中納言物語』　昭和五四年
三角洋一　講談社学術文庫『堤中納言物語』　昭和五六年
塚原鉄雄　新潮日本古典集成『堤中納言物語』　新潮社　昭和五八年
大槻修他　新日本古典文学大系『堤中納言物語・とりかへばや物語』　岩波書店　平成　四年
稲賀敬二他　新編日本古典文学全集『落窪物語・堤中納言物語』　小学館　平成一二年

＊　＊　＊

土岐武治『堤中納言物語の研究』　風間書房　昭和四二年
土岐武治『堤中納言物語の注釈的研究』　風間書房　昭和五一年

日本文学研究資料叢書『平安朝物語』Ⅲ　有精堂　昭和五四年
鈴木一雄『堤中納言物語序説』　桜楓社　昭和五五年
三谷栄一編『体系物語文学史』三　有精堂　昭和五八年
A保科恵『堤中納言物語の形成』　新典社　平成　八年
B王朝物語研究会編『堤中納言物語の視界』　新典社　平成一〇年

◆平成一（昭和六四）年以降の論文

平成八年五月までの論文は保科恵編『堤中納言物語文献集成』（新典社　平成九年二月）に詳しく記載されているので、参照されたい。

○総　論

長谷川政春「物語の夜・物語の昼――『堤中納言物語』序説」『東横国文学』第二一号　平一・三→『〈境界〉からの発想――旅の文学・恋の文学――』（新典社　平一・一一）
小原くみ子「『堤中納言物語』における歌語り性」『二松学舎大人文論叢』第四二輯　平一・一一
稲賀敬二・河合隼雄「堤中納言物語」（新釈・日本の物語〈6〉）〈対談〉『創造の世界』第七七号　平三・二→『物語をものがたる　河合隼雄対談集』（小学館　平六・二）
稲賀敬二「〈方法〉短編的手法――順・中務・景明――実例『堤中納言物語』」『国文学』平三・九

中村真一郎「わが知的冒険の試み――⑰王朝物語――二十一世紀小説の可能性　第十二章　堤中納言物語」『潮』平三・一〇→『王朝物語　小説の未来に向けて』（潮出版社　平五・六）
三田村雅子「短編物語の構造――堤中納言物語の〈例〉――」『解釈と鑑賞』平三・一〇
秋田有美『『堤中納言物語』の研究』『学習院大国語国文学会誌』第三五号　平四・三
阿部好臣「堤中納言物語」『日本文学研究の現状Ⅰ古典』有精堂　平四・四
神田龍身「ミニチュアと短編物語――『堤中納言物語』――」『物語文学、その解体――『源氏物語』「宇治十帖」以降』有精堂　平四・九
川端春枝「物語の兄と妹　堤中納言物語の兄弟、その他」小泉道・三村晃功編『女と愛と文学――日本文学の中の女性像――』世界思想社　平五・一
増淵勝一『『堤中納言物語』小考」王朝物語研究会編『論集源氏物語とその前後』4　新典社　平五・

五

保科恵「類義語彙語義考証稿――「をこ」と「をこがまし」と――」『解釈』平六・三↓A
小田由紀江「王朝物語の女房の造形――『堤中納言物語』「逢坂越えぬ権中納言」「花桜折る少将」「思はぬ方にとまりする少将」を中心に――」『中古文学論攷』第一五号　平六・一二
阿部好臣「短編物語の方法」『時代別日本文学史事典　中古編』有精堂　平七・一

中野幸一「『堤中納言物語』をめぐっての試論――はたして「短編物語集」か――」『学術研究』（早大教育学部）第四三号　平七・二

吉海直人「『堤中納言物語』の乳母達」『平安朝の乳母達――『源氏物語』への階梯――』世界思想社　平七・九

秋本守英「基本語彙・共通語彙・独自語彙――堤中納言物語の場合」『王朝』第一〇冊　平七・一二→『仮名文章表現史の研究』（思文閣出版　平八・二）

吉海直人「堤中納言物語」『歌語り・歌物語事典』勉誠社　平九・二

後藤康文「堤中納言物語」『日本古典文学研究史大事典』勉誠社　平九・一一

神野藤昭夫「『堤中納言物語』と短編物語の世界」『散逸した物語世界と物語史』若草書房　平一〇・二

稲賀敬二「物語の系列化集合法と「堤中納言物語」の段階的形成過程・仮説――道長の時代から頼通の時代へ――」平一〇・五→B

後藤康文「『堤中納言物語』書名試論」平一〇・五→B

三角洋一「堤中納言物語」『日本古典文学大事典』明治書院　平一〇・六

○花桜折る少将

鳥居明雄「読む　王朝末期の奇談――「花桜折る少将」――」『日本文学』平一・一〇
神野藤昭夫「堤中納言物語の花桜折る少将」『国文学』（臨時増刊号）平一・七
阿部好臣「『堤中納言物語』の研究・ノート――『花桜折る少将』の読みをめぐって――」『日大人文科学研究所研究紀要』第三八号　平一・九
大倉比呂志「「花桜折る少将」の手法――暗示の重層化――」『解釈』平三・三
保科恵「花桜折る少将の方法――姫君掠奪の史的展開――」『二松学舎大人文論叢』第四八輯　平四・三↓A
神尾暢子「冒頭表現と作品素材――花桜折る少将の表現方法――」今井文男先生喜寿記念論集刊行委員会編『表現学論考』三　平五・一
川端春枝「月に紛う花――花桜折る中将考――」『国語国文』平五・七↓B
保科恵「女性掠奪の表現形式――花桜折る少将論追考――」『二松学舎大人文論叢』第五一輯　平五・一〇↓A
保科恵「構文解釈と作品分析――花桜折る少将の視点――」『二松』第八集　平六・三↓A
保科恵「堤中納言の句読私見――花桜折る少将と係助詞「なむ」――」『解釈』平七・二↓A
後藤康文「『花桜折る少将』本文整定試案」『中古文学』第五五号　平七・五

井上新子「『花桜折る少将』の語りと引用――物語に見る〈幻想〉――」『国文学攷』第一四七号 平七・九
森山美邦子「研究ノート『花桜折る中将』」『静大国文』第三八号 平八・四
阿部好臣「引用のモザイクからの挑戦――花桜折る少将と王権物語」平一〇・五→B
小島雪子「「花桜折る少将」論――ちぐはぐさと過剰さと――」『日本文学』平一〇・九
小島雪子「「花桜折る少将」とジェンダー」『宮城教育大国語国文』第二六号 平一一・五

○このついで

小峯和明「物語会議――語りと物語事典 巡り物語」『国文学』平二一・一
阿部好臣「〈聴き手〉と〈語り〉――『堤中納言物語』「このついで」から――」『語文』(日大)第七九輯 平三・三
土屋博映「古典文学の解釈法研究――『堤中納言物語』の「このついで」の冒頭部分について――」『跡見学園短大文科文科報』一八 平四・三
西耕生「もうひとつの藤袴巻――『このついで』の主題――」『論集源氏物語とその前後』3 新典社 平四・五
後藤康文『『このついで』試論――第二話の読解を手がかりとして――」『国語と国文学』平四・六

保科恵「見聞三話の統合論理――堤中納言のこのついで――」『表現研究』第五八号　平五・九↓A
米田新子「堤中納言物語『このついで』の方法――部分映像の交錯、重層化による美的世界の創出――」『国語国文　研究と教育』（熊本大教育学部）第二八号　平五・一一
山上義実「『堤中納言物語』「このついで」試論――「帝寵薄き后」という解釈をめぐって――」『金城学院大論集』第一五七号　平六・三
下鳥朝代「「このついで」論――「巡る」物語――」『国語国文研究』（北大）平七・三↓B
藪葉子「『堤中納言物語』「このついで」に見える模倣と創造」『王朝文学研究誌』第七号　平八・三
吉山裕樹「『虫めづる姫君』試論――あしきことをも見、よきをも見、思ふべき――」『比治山女子短大紀要』第二三号　平一・三

○虫めづる姫君

神野藤昭夫「堤中納言物語の虫めづる姫君」『国文学』（臨時増刊号）平一・七
小西正泰「虫狂い――虫と日本文学」『高校通信東書国語』第二九五号　平一・九↓朝日選書『虫の博物誌』（朝日新聞社　平五・一二）
久下晴康「変容する物語――その七、異端の女主人公――」『学苑』平一・一一↓新典社選書『変容する物語――物語文学史への一視角――』（新典社　平二・一〇）

中島尚「虫めづる姫君論」『千葉大教育学部研究紀要（第一部）』第三八巻　平二・二→『平安中期物語文学研究』（笠間書院　平八・九）

三谷邦明「擬く堤中納言物語――平安後期短編物語の言説の方法あるいは虫めづる姫君――」石川徹編『平安時代の作家と作品』（武蔵野書院　平四・一）

加藤芙美子「『堤中納言物語』――「虫めづる姫君」における本地と批評精神の矛盾――」『早文会論集』第七号　平四・一

後藤康文「『虫めづる姫君』復元」『宮崎大教育学部紀要（人文科学）』第七一号　平四・三

保科恵「虫めづる姫君の解釈――そのさまのなりいづるを……」『解釈』平四・一一→A

保科恵「虫めづる姫君の構成」『二松』第七集　平五・三→A

下鳥朝代「「虫めづる姫君」と『源氏物語』北山の垣間見」『国語国文研究』（北大）第九四号　平五・七

保科恵「理念設定と叙述展開――虫愛づる姫君の素材構成――」『解釈』平五・八→A

神田龍身「虫めづる姫君、奇形趣味と博物学　堤中納言物語」『国文学』平五・一〇

辛島正雄「『虫めづる姫君』管見――「かは虫」と〈少女〉――」『文学論輯』（九大）第三九号　平六・一

池田和臣「文学的想像力の内なる『虫めづる姫君』――もうひとりのかぐや姫――」『中央大文学部紀要』第一五二号　平六・三

大倉比呂志「「虫めづる姫君」の「鬼と女とは、人に見えぬぞよき」試解」『解釈』平六・五

保科恵「構文解釈と文体融合――虫愛づる姫君の「さはありとも」――」『解釈』平六・五→A

室城秀之「蝶」『国文学』（臨時増刊号）平六・一〇

田島智子「『虫めづる姫君』と『源氏物語』――若紫垣間見の影――」『四天王寺国際仏教大文学部紀要』第二七号　平七・三

吉川有美「堤中納言物語――「虫めづる姫君」のひととなりについて――」『九州大谷国文』第二四号　平七・七

堀切直人「「虫めづる姫君」は稀少種か？」『ユリイカ』平七・九

東原伸明「「虫めづる姫君」のパロディ・ジェンダー・セクシュアリティ」物語文学研究会編『物語〈女と男〉』（新物語研究三）有精堂　平七・一一

立石和弘「虫めづる姫君論序説――性と身体をめぐる表現から――」『王朝文学史稿』第二一号　平八・三→B

坪井美樹「〈片仮名〉で書かれた和歌――《虫めづる姫君》の詠んだ和歌をめぐって――」『文芸言語研

究・言語篇』（筑波大）第二九巻　平八・三
植木朝子『『堤中納言物語』「虫めづる姫君」と今様」『国語国文』平八・九
大井容子「「蝶めづる姫君」について――「堤中納言物語」成立論のための序説――」『実践国文学』第五〇号　平八・一〇
竹村信治『『虫めづる姫君』考」『国文学攷』第一五三号　平九・三↓『言述論』（笠間書院　平一五・五）
佐藤マサ子「虫めづる姫君小考　貴族趣味と生活様式の distinction の問題として」『大倉山文化会議研究年表』第八号　平九・三
齋藤奈美「「虫めづる姫君」の構造――「かたはら」からの反転――」『文芸研究』第一四四集　平九・九
山岡敬和「〈性愛〉の言説――『虫めづる姫君』を読む――」伊井春樹・高橋文二・廣川勝美編『源氏物語と古代世界』新典社　平九・一〇
○ほどほどの懸想
後藤康文『『ほどほどの懸想』試論――頭中将は後悔したか――」『国語国文』平五・七↓B
小島雪子「「ほどほどの懸想」論――物語に言及する物語――」『宮城教育大国語国文』第二一号　平

五・一〇↓B

櫻井辰男「「ほどほどの懸想」の一考察」『日本文学論究』第五三冊　平六・三

保科恵「堤中納言物語の解釈私案――程程の懸想の「まうてゝつゝみしにも」――」『解釈』平六・四↓A

保科恵「短編物語の文体意識――堤中納言程程の懸想――」『文体論研究』第四一号　平七・三↓A

井上新子『ほどほどの懸想』と「摽有梅」」平一〇・五↓B

○逢坂越えぬ権中納言

大倉比呂志「「逢坂越えぬ権中納言」の構成――意味転換による相関性――」『解釈』平一・一〇

渡辺君子「散逸を免れた「逢坂越えぬ権中納言」について」『早文会論集』第七号　平四・一

神野藤昭夫「サロン文学としての『逢坂越えぬ権中納言』」『新日本古典文学大系月報』三四　平四・三↓『散逸した物語世界と物語史』（若草書房　平一〇・二）

金井利浩「「逢坂越えぬ権中納言」再説――「（右の）少将」のために――」『解釈』平五・一↓B

小田由紀江「「逢坂越えぬ権中納言」論――二人の宮の対比に見る主題――」『中古文学論攷』第一四号　平六・三↓B

井上新子「『逢坂越えぬ権中納言』題名考――「安積の沼」と「淀野」をめぐって――」『古代中世国文

学』第七号　平七・八

後藤康文「『逢坂越えぬ権中納言』覚書」『北大文学部紀要』第四五巻第二号　平九・一

井上新子「〈賀の物語〉の出現――『逢坂越えぬ権中納言物語』と藤原頼通の周辺――」『国語と国文学』平一一・八

○貝合

後藤康文『貝あはせ』本文整定試案」　王朝物語研究会編『論集源氏物語とその前後』5　新典社　平六・五

保科恵「貝合物語の形象方法――蔵人少将の言語映像――」『二松学舎大人文論叢』第五三輯　平六・一〇→A

井上新子「『貝合』のメルヘン――〝無化〟される好色性――」『古代中世国文学』第八号　平八・五

○思はぬ方にとまりする少将

後藤康文「『思はぬ方にとまりする少将』ところどころ」『語文研究』第七五号　平五・六

豊島秀範「『思はぬ方にとまりする少将』論」（『体系物語文学史』三　有精堂　昭五八・七）→『物語史研究』（おうふう　平六・五）

下鳥朝代「思はぬ方にとまりする少将と「はなだの女御」――末尾表現に着目して――」『書物と語り』

（新物語研究五）若草書房　平一〇・三
○はなだの女御
大槻修「草花に表象される王朝の姫君――「堤中納言物語」はなだの女御と「こわたの時雨」――」山岸徳平先生記念論文集『日本文学の視点と諸相』汲古書院　平三・五
下鳥朝代「「はなだの女御」論――「読者」参加の物語――」『国語国文研究』（北大）第九一号　平四・三
安藤亨子「『源氏物語』から『枕草子』へ――『はなだの女御』の一読解――」王朝物語研究会編『論集源氏物語とその前後』3　新典社　平四・五
米田新子「堤中納言物語『はなだの女御』の執筆意図――モデル探求並びに草花による比喩の検討を通して――」『国文学攷』第一三四号　平四・六↓B
米田新子「堤中納言物語『はなだの女御』の象徴世界」『国文学攷』第一三八号　平五・六
大倉比呂志「「はなだの女御」の成立年次をめぐって――「よしなしごと」と関連させて――」『解釈』平八・二
小島雪子「「はなだの女御」論――「聞きし事」と「心に思事、歌など書つゝ手ならひにしたりける」のあいだ――」『宮城教育大紀要』第三一巻第一分冊　平九・三

○はいずみ

神野藤昭夫「堤中納言物語のはいずみの女」『国文学』（臨時増刊号）平一・七

保科恵「堤中納言の『掃墨』私見」『二松学舎大人文論叢』第四五輯　平二・一〇→A

竹村信治『はいずみ』考――『堤中納言物語』私注（二）」『古典研究』第一　平四・一二→『言述論』（笠間書院　平一五・五）

保科恵「対偶構成の素材展開――勢語井筒と掃墨物語――」『解釈』平五・六

妹尾好信「『はいずみ』小考――典拠としての平中説話の考察を中心に――」『国語の研究』（大分大）第一九号　平五・九

阿部好臣「『掃墨物語』を巡っての考察――歌物語・構造――」『ものがたりけんきゅう』第一号　平五・一〇

櫻井辰男「『堤中納言物語』「はいずみ」の一考察」『国学院大大学院文学研究科論集』第二一号　平六・三→B

米田新子「「人に『すみつく』かほのけしきは」――平中の妻と『はいずみ』の女――」『国文学攷』第一四二号　平六・四

下鳥朝代「「はいずみ」論――『伊勢物語』二十三段をめぐって――」王朝物語研究会編『論集源氏物

語とその前後』5　新典社　平六・五
吉山裕樹「『はいずみ』私論」稲賀敬二・増田欣編『中古文学の形成と展開　中古から中世へ』和泉書院　平七・六
小田由紀江「平安文学の中の小舎人童――堤中納言物語「はいずみ」を読むための考察――」『中古文学論攷』第一七号　平八・一二
八代桂子「『堤中納言物語』研究――「はいずみ」と二人妻説話をめぐって――」『言文』(福島大) 第四四号　平八・一二
木村吏亜「『堤中納言物語』研究――「はいずみ」を中心に――」『日本文学ノート』(宮城学院女子大) 第三二号　平九・一
井上新子「『はいずみ』追考――二人妻説話の系譜の中の小さな反乱――」『古代中世国文学』第九号　平九・三
保科恵「掃墨物語と勢語井筒――表現素材の対偶展開――」『二松』第一一集　平九・三
後藤康文「『はいずみ』覚書」『北大文学部紀要』第四六巻第三号　平一〇・三
○よしなしごと
小森潔「ゲーム――言語ゲームとしての『堤中納言物語』「よしなしごと」――」物語研究会編『物語と

メディア』（新物語研究二）有精堂　平五・一〇

細川涼一「中世の土器造りの女性――『堤中納言物語』の近江鍋と河内鍋、『伊勢物語』の筑摩神社鍋冠祭の一背景――」『解釈と鑑賞』平一一・五

○関　連

高橋亨「物語会議――語りと物語事典　物語合」『国文学』平二・一

神野藤昭夫「平安女流文学のもうひとつの温床――斎院世界と物語――」『国文学論輯』（国士館大）第一七号　平八・三

神野藤昭夫「斎院文化圏と物語の変容」『散逸した物語世界と物語史』若草書房　平一〇・二

「はいずみ」参考資料

○伊勢物語・二三段

昔、田舎《ゐなか》わたらひしける人の子供、井《ゐ》のもとに出《い》でて遊びけるを、大人《おとな》になりにければ、男も女も恥ぢかはしてありけれど、男はこの女をこそ得めと思ふ、女はこの男をと思ひつつ、親のあはすれども聞かでなむありける。さて、この隣の男のもとより、かくなむ、

筒井《つつゐ》つつ井筒《ゐづつ》にかけしまろがたけ過ぎにけらしな妹《いも》見ざる間《ま》に

女、返し、

くらべこし振分《ふりわ》け髪も肩過ぎぬ君ならずして誰《たれ》かあぐべき

など言ひ言ひて、つひに本意《ほい》のごとく逢《あ》ひにけり。

さて年ごろ経《ふ》る程に、女、親なく、頼りなくなるままに、もろともに言ふかひなくてあらむやはとて、河内《かふち》の国、高安《たかやす》の郡《こほり》に、行《い》き通ふ所出できにけり。さりけれど、このもとの女、悪《あ》しと思へる気《け》色《しき》もなくて、出だしやりければ、男、異心《ことごころ》ありてかかるにやあらむと思ひ疑ひて、前栽《せんざい》の中に隠れ居《ゐ》て、河内へ往《い》ぬる顔にて見れば、この女、いとよう化粧《けさう》じて、うちながめて、

風吹けば沖つ白浪立田山《しらなみたつたやま》夜半《よは》にや君が一人ひとり越ゆらむ

と詠《よ》みけるを聞きて、限りなくかなしと思ひて、河内へも行《い》かずなりにけり。まれまれかの高安に来て見れば、はじめこそ心にくもつくりけれ、今はうちとけて、手づから飯匙《いひがひ》取りて、笥子《けこ》のうつはものに盛《も》りけるを見て、心憂《う》がりて、行《い》かずなりにけり。さりければ、かの女、大和《やまと》の方《かた》を見やりて、

君があたり見つつを居《を》らむ生駒山《いこまやま》雲な隠しそ雨は降るとも

と言ひて見出《い》だすに、からうじて大和人《やまとびと》、「来む」と言へり。喜びて待つに、度々《たびたび》過ぎぬれば、

君来むと言ひし夜毎《よごと》に過ぎぬれば頼まぬものの恋ひつつぞ経る

と言ひけれど、男、住まずなりにけり。

○大和物語・一四九段

昔、大和《やまと》の国、葛城《かつらぎ》の郡《こほり》に住む男女《をとこをんな》ありけり。この女、顔かたちいと清らなり。年ごろ思ひかはして住むに、この女、いとわろくなりにければ、思ひわづらひて、限りなく思ひながら妻《め》をまうけてけり。この今の妻は、富みたる女になむありける。ことに思はねど、行《い》けばいみじういたはり、身の装束《さうぞく》もいと清らにせさせけり。かくにぎはしき所にならひて、来たれば、この女、いとわろげに

て居《ゐ》て、かくほかに歩《あり》けど、さらにねたげにも見えずなどあれば、いとあはれと思ひけり。心地《ここち》には限りなくねたく心憂《う》く思ふを、忍ぶるになむありける。とどまりなむと思ふ夜《よ》も、「なほ往《い》ね」と言ひければ、我《わ》がかく歩《あり》きするをねたまで、ことわざするにやあらむ。さるわざせずは、恨《うら》むる事もありなむなど、心のうちに思ひけり。さて、出でて行《い》くと見えて、前栽《せんざい》の中に隠れて、男や来ると見れば、端《はし》に出《い》で居て、月のいといみじう面白《おもしろ》きに、頭《かしら》かいけづりなどして居《を》り。夜《よ》ふくるまで寝ず、いといたううち嘆きてながめければ、人待つなめりと見るに、使ふ人の前なりけるに言ひける。

風吹けば沖つ白浪《しらなみ》立田《たつた》山《やま》夜半《よは》にや君が一人《ひとり》越ゆらむ

と詠《よ》みければ、我《わ》が上《うへ》を思ふなりけりと思ふに、いと悲しうなりぬ。この今の妻《め》の家は、龍田山《たつたやま》越えて行《い》く道になむありける。かくてなほ見居《を》りければ、この女、うち泣き臥《ふ》して、かなまりに水を入れて、胸になむ据《す》ゑたりける。あやし、いかにするにかあらむとて、なほ見る。さればこの水、熱湯《あつゆ》にたぎりぬれば、湯ふてつ。また水を入る。見るにいと悲しくて、走り出でて、「いかなる心地《ここち》し給へば、かくはし給ふぞ」と言ひて、かき抱《いだ》きてなむ寝にける。かくてほかへもさらに行《い》かで、つと居にけり。かくて月日多おほく経《へ》て思ひやるやう、つれなき顔なれど、女の思ふ事、いといみじき事なりけるを、かく行《い》かぬをいかに思ふらむと思ひ出でて、ありし女のがり行《い》きたりけり。久しく行《い》かざりければ、つつましくて立てりける。さてかいばめば、我にはよくて見えしかど、いとあやしき様《さま》なる着て、大櫛《おほぐし》を面櫛《つらぐし》にさしかけて居《を》り、手づから飯盛《いひも》り居《を》りける。いといみじと思ひて、来にけるままに、行《い》かずなりにけり。この男は王《おほきみ》なりけり。

○古本説話集・平中の事　第一九

今は昔、平中といふ色好《いろごの》みの、いみじく思ふ女の若くうつくしかりけるを、妻《め》のもとに率《ゐ》て来て置きたり。妻《め》、憎げなる事どもを言ひ続くるに、追ひ出《い》だしけり。この妻《め》に従ひて、いみじうらうたしとは思ひながら、えとどめず。いちはやく言ひければ、近くだにもえ寄らで、四尺の屏風《びやうぶ》におしかかりて、立てり。「世の中の思ひのほかにてある事。いかにしてものし給ふとも、忘れで消息《せうそこ》もし給へ。おのれもさなむ思ふに」など言ひけり。この女は、包みなどに物入れしたためて、車取りにやりて待つ程なり。いとあはれと思ひけり。さて出《い》でにけり。とばかりありておこせたる。

忘らるな忘れやしぬる春霞今朝《けさ》たちながら契《ちぎ》りつる事

この平中、さしも心に入らぬ女のもとにても、泣かれぬ音《ね》を虚泣《そら》きをし、涙にぬらさむ料《れう》に、硯瓶《すずりがめ》に水を入れて、緒《を》をつけて、肘《ひぢ》にかけてし歩《あり》き、顔袖《そで》をぬらしけり。出居《でゐ》の方《かた》を、妻《め》のぞきて見れば、間木《まぎ》に物をさし置きけるを、出でて後《のち》取り下《おろ》して見れば、硯瓶なり。また畳紙《たたうがみ》に丁子《ちやうじ》入りたり。瓶《かめ》の水をいうてて、墨《すみ》を濃《こ》くすりて入れつ。鼠《ねずみ》の物を取り集めて、丁子に入れ替《か》へつ。さてもとのやうに置きつ。例の事なれば、夕さりは出《い》でぬ。暁《あかつき》に帰りて、心地《ここち》悪《あ》しげにて、唾《つはき》を吐《は》き、臥《ふ》したり。畳紙《たたうがみ》の物怪《もののけ》なめりと妻《め》は聞き臥したり。夜明けて見れば、袖に墨ゆゆしげにつきたり。鏡を見れば、顔も真黒《まくろ》に、目のみきろめきて、我ながらいと恐ろしげなり。硯瓶《すずりがめ》を見れば、墨をすりて入れたり。畳紙に鼠の物入りたり。いといとあさましく心憂《う》くて、その後虚《のちそら》泣きの涙、丁子《ちやうじ》含《くく》む事、とどめてけるとぞ。

新典社校注叢書11

校注 堤中納言物語

平成12年2月21日 初版発行
平成29年4月27日 11刷発行

編　者　大倉比呂志
発行者　岡元学実
印刷所　惠友印刷㈱
検印省略・不許複製

発行所 株式会社 新典社
東京都千代田区神田神保町一―四四―一一
営業部＝〇三（三二三三）八〇五一番
編集部＝〇三（三二三三）八〇五二番
ＦＡＸ＝〇三（三二三三）八〇五三番
振　替　〇〇一七〇―〇―二六九三二一番
郵便番号一〇一―〇〇五一番

 ISBN 978-4-7879-0811-7 C3395
http://www.shintensha.co.jp/　E-Mail:info@shintensha.co.jp